日本の名句・名歌を読みかえす

高橋順子／編・解説
前田真三・前田晃／写真

いそっぷ社

● 目次

名句編

名歌編

正岡子規

与謝野晶子

斎藤茂吉

北原白秋

若山牧水

石川啄木

名句編

古池や蛙飛《かわずとび》こむ水のをと

芭蕉

閑《しず》かさや岩にしみ入《いる》蟬《せみ》の声
芭蕉

荒海や佐渡によこたふ天河
芭蕉

旅に病《やん》で夢は枯野をかけ廻《めぐ》る

芭蕉

芭蕉（松尾。まつお・ばしょう　一六四四―九四）は今日でも俳人のみならず、一般の人からも慕われ、その作品が愛唱されています。俳句といえば、まず芭蕉。「俳聖」と称ばれました。芭蕉は伊賀国（三重県）上野に生まれました。無足人（郷士・地侍級の農民）だったかといわれています。藤堂良忠の近習《きんじゅう》となり、主君が北村季吟《きぎん》門の俳人だったため、芭蕉も俳諧の道に入ることになります。しかし良忠が二十五歳で早世したために、芭蕉は藤堂家を辞し、江戸に向かいました。

念願の俳諧宗匠にはなりましたが、時流に飽き足らず、市井を離れて深川に草庵を結びました。元禄二（一六八九）年、曾良《そら》一人を伴って長途の行脚《あんぎゃ》、「おくのほそ道」の旅に出ます。各地の門人宅などで俳諧之連歌（連句）を巻くなどして地方の人たちに交わる喜びもあったと思われますが、行き倒れを覚悟せざるをえない、想像を絶する苦難の旅であったことがしのばれます。この旅で、芭蕉が芭蕉になったといえましょう。

数々の名句がありますが、春夏秋冬、各一句ずつを選んでみました。

「古池や」の句。「古池や」はいまでは俳句の代名詞といってもいい。しかし現代人には説明がないと、この句のよさが分からなくなっているのは事実です。和歌の世界では、蛙《かえる》は鳴くものであって、体の動きなどをうたった作者はいませんでした。「蛙飛こむ」がまさに俳諧であり、新しい詩を示すものでした。深川芭蕉庵は門人の幕府御用達の魚問屋・杉風《さんぷう》が提供した生け簀《す》の番小屋であり、「古池」とはこの生け簀のようです。蛙が池の水に入る音がし、芭蕉は「蛙飛こむ水のをと」と吟じました。側にいた門人たちに初五はどうするか、と聞いてみたところ、其角《きかく》は「山吹や」と進言して、華やかな句に仕立てましたが、芭蕉が「古池や」と置くと、門人たちはたちまち現れた閑寂境に感嘆したそうです。季語は蛙、春。

「**閑かさや**」の句。「おくのほそ道」の途次、山形県の立石《りっしゃく》寺にて。山寺ともいわれる岩山の寺です。蟬の声はうるさいものですが、その声がかえって辺りの静けさを印象づけるのです。これは詩的発見といっていい。蟬はアブラゼミかニイニイゼミかで、斎藤茂吉と小宮豊隆との間で論争がありましたが、後日小宮のニイニイゼミ説が妥当とされました。季語は蟬、夏。

「**荒海や**」の句。これも「おくのほそ道」の旅で得られました。この句が詠まれたのは、出雲崎、といわれています。実景としては初秋には天の川は佐渡のほうへは横たわらず、町筋と同じ方向に流れるそうです。佐渡は古来貴賤の人びとの流罪の島でした。そこに果てた人びとを想い、心眼で見た銀河を渡した。芭蕉の「慟哭《どうこく》の詩でもあった」と評論家・山本健吉は書いています。季語は天河、秋。

「**旅に病で**」の句。芭蕉最後の一句です。元禄七年旅先の大坂で倒れ、病の床に伏しました。夢うつつの中でも、旅にあって、枯野をさまよい歩いているのです。なおあるべき俳諧、詩を求めて歩く孤高の俳人の姿といえましょう。季語は枯野、冬。

春の海終日《ひねもす》のたりのたり哉《かな》

蕪村

菜の花や月は東に日は西に
蕪村

愁《うれ》ひつゝ岡にのぼれば花いばら
蕪村

さみだれや大河を前に家二軒

蕪村

蕪村（与謝。よさ・ぶそん　一七一六―八四）は摂津国《せっつ》（大阪府）に生まれました。生家は豪農といわれていますが、早くに両親と家産を失い、二十歳ころに江戸に出て、俳諧と絵画の修行に励んだようです。俳諧の師の巴人《はじん》没後、約十年、北関東を行脚し、三十六歳のとき京都に移住します。丹後、讃岐に数年、旅の生活を送った他は京に定住しました。この点で芭蕉とは違った生きかたでしたが、芭蕉五十回忌を契機に蕉風復興を唱えました。のちに師・巴人の号である夜半《やはん》亭を継承しました。

存命中はむしろ画家としての名が高く、池大雅《いけのたいが》と併称されるほどでした。日本南画の大成者といわれています。

「**春の海**」の句。前書「須磨の浦にて」。須磨は神戸市の海岸。瀬戸内海に面した白砂青松の景勝地です。「源氏物語」の舞台の一つであり、源平争乱の地でもありました。それはともかく、今は、といった気分でしょうか。春風駘蕩《しゅんぷうたいとう》たる海景です。むかし辻征夫《ゆきお》という詩人に聞いたか読んだかした話ですが、彼はこの句を教科書で読んで、「ひねもす」という鳥が飛んでいるのだと思ったそうです。なるほど、かけす、からす、ほととぎす……。のたりのたりとは、動きのにぶそうな鳥ですが。

「**菜の花や**」の句。京都近郊には広い菜の花畑があったのでしょう。菜の花から灯油をしぼったのです。菜の花の黄、白銀の月、赤い夕日、いかにも絵のような風景です。このような景色がじっさいにいつ見られるか、というような議論は意味がない、現実と幻想のあわいを楽しめばいいのだ、という人もいます。しかし筆者が調べてみたところ、現実にあるのです。四月下旬の満月の日、午後五時五十分ころに月が東に上ってくると、六時二十分ころに西に日が沈むのです。このころは月の出は一日に一時間くらいずつ遅れますから、翌日になると月が出るころには、すでに日は沈んでいます。日と月の夢のような出会いを蕪村は目にした、と確信しました。蕪村は俳句の中で絵を描いたのでしょう。季語は菜の花、春。

「**愁ひつゝ**」の句。まるで近代詩の一節のようではありませんか。芭蕉になかった近代のポエジーを蕪村はもっていたのです。心に愁いをもって、一人あてどなく岡にのぼってみると、白い野ばらが咲いていて、優しくなぐさめられるような気がしたのでしょう。淡い恋の情感があります。季語は花いばら、夏。蕪村は「花の王」といわれる牡丹《ぼたん》の花が好きで、いくつも名句がありますが、可憐な花いばらも好きだったようです。

「**さみだれや**」の句。「さみだれ」は梅雨のことで、陰暦五月に降るので、「五月雨」と書きます。夏の季語です。降りつづく雨に大河の水量が増しています。河畔《かはん》に家が二軒寄り添って、心細そうに建っている。家を二軒としたのは、画家の眼かもしれません。さみだれの大河、そのほとりの小さな家という対比が緊張をはらんだ世界をつくりだしています。蕪村は物語性のある句もたくさん作っていますが、この句もたんなる静止した風景ではなく、次の瞬間どうなるのかという危うさをはらんだものになっています。

我と来て遊べや親のない雀
一茶

痩蛙《やせがえる》まけるな一茶是《これ》に有《あり》

一茶

是がまあつひの栖《すみか》か雪五尺
一茶

目出度《めでた》さもちう位也おらが春
一茶

一茶（小林。こばやし・いっさ　一七六三―一八二七）は信濃国（長野県）柏原村に農家の長男として生まれました。ふつうでしたら、跡継ぎになるところでしたが、三歳で母を亡くし、継母に男の子が生まれたことから、少年時代に江戸へ奉公に出されました。どんな苦労があったのか伝わっていませんが、この時代から俳諧に志したのでしょう。父亡き後、相続をめぐって何年も争いがつづき、五十一歳でやっと和解が成立。郷里に戻ることができて、翌年妻を迎えます。しかし一茶には家族運がありませんでした。没後、三番目の妻が女の子を生みますが、この子はようやく健康に育ちました。

芭蕉、蕪村が芸術的な高みを志向した後に、一茶は口語体や擬態語・擬音語などを用い、また率直におのれを語ることで、新しい道をひらきました。現在でも多数の愛好者をもつことはご存じのとおりです。

「**我と来て**」の句。巣から落ちて、親を求めて鳴いている子雀に、幼い一茶はこう呼びかけたのです。句文集『おらが春』に記された追憶吟で、「六才　弥太郎」と署名しています。「八歳の時」と前書きして、中七に「遊ぶや親の」としている稿もあり、「あそぶ親の」というのもあります。いくらか作為が入っているのでしょう。早くに母を亡くした上に、農作業の手伝いや夜なべ仕事をさせられ、「我身ながらも哀也けり」と記しています。季語は雀の子、春。

「**痩蛙**」の句。前書に「蛙たゝかひ見にまかる、四月廿日也けり」とあります。「蛙たゝかひ」とは蛙合戦ともいい、春の産卵期、多くの雌雄の蛙が水辺に集まり、入り乱れて抱接すること。江戸在住時代の追憶吟で、当時一茶は四十を過ぎても独り者でした。一ぴきの雌に挑もうとして他の雄にはねのけられてしまう痩せ蛙を見て、わがことのように応援に力が入ったのでしょう。たんなる弱き者への同情の句ではありません。季語は蛙、春。

「**是がまあ**」の句。『七番日記』に出ていますが、故郷を出て漂泊すること三十六年、「白頭の翁」になってやっと手に入れた住まいです。感慨もひとしおでしたが、柏原は日本有数の豪雪地帯、目の前に降りつむ五尺（約一五一センチ）の雪にため息をつかないわけにはいきませんでした。季語は雪、冬。

「**目出度さも**」の句。句文集『おらが春』の巻頭に据えられた句。「ちう位」とは、中程度という意味ではなく、いいかげん、とか、どっちつかず、の意の方言だそうです。新年を迎えて、世の中は門松立ててめでたいとか言っているけど、こちらはめでたいも何もない、このとおりだよ、といった気分でしょうか。無事に年を越すことができたという安堵の思いもあるようです。しかし文政二（一八一九）年、故郷の家で迎えたこの正月は、一茶の生涯で最良の時だったのです。前年五月に長女さとが生まれ、一茶は満ち足りた気持ちでしたが、この子はその年六月、疱瘡《ほうそう》にかかって死亡しました。「露の世は露の世ながらさりながら」（この世は露のように、はかないとは分かっているが、それにしても）と、最愛の娘を失った深い嘆きを詠んだ名句があります。

白《はく》牡《ぼ》丹《たん》といふといへども紅《こう》ほのか
高浜虚子

去年《こぞ》今年《ことし》貫く棒の如きもの
高浜虚子

高浜虚子（たかはま・きょし　一八七四―一九五九）は愛媛県松山生まれ。生家は正岡子規（70ページ参照）の家と背中合せでした。子規に初めベースボールを教わっていた友人・河東《かわひがし》碧梧桐《へきごとう》（一八七三―一九三七）が俳句の指導を受けるようになり、そのときに子規に紹介され、兄事して句作するようになりました。虚子の俳号は子規によるものです。本名は清。

子規が「印象明瞭」と評した碧梧桐の句を掲げます。

赤い椿白い椿と落ちにけり　碧梧桐

写生であることを超えて、不思議な落花のさまを思わせます。

明治三〇年、松山で柳原《やなぎはら》極堂《きょくどう》の手により子規派の俳句雑誌「ほとゝぎす」（のち「ホトトギス」）が発行されましたが、翌年、東京の虚子の手に移りました。三四年には虚子は俳書の出版も始め、「俳諧師四分七厘、商売人五分三厘」などと陰口を叩かれましたが、いまでは想像もできません。翌三五年九月、子規が病苦の中に息を引き取りました。絶筆三句の中の一句を次に。

糸瓜《へちま》咲て痰《たん》のつまりし仏かな　子規

「仏」とは、死者となった自分のことです。へちまの水は去痰剤とされていたようです。

次に掲げる虚子の追悼句には前書があります。「前日より枕頭にあり。碧梧桐、鼠骨《そこつ》に其死を報ずべく門を出づれば旧暦十七日の月明かなり。」

子規逝くや十七日の月明に

旧暦十七日の月は少し欠けた月です。万感の思いのこもった名句ではありませんか。

子規没後、虚子は「ホトトギス」を名実ともに継承主宰します。三八年には文芸雑誌の色合いも付け加わった同誌に、子規の友人だった夏目漱石の「吾輩は猫である」が発表され、全国的に大きな反響を呼びました。虚子も一時俳句を中断し、小説に専念したことがありました。

四五年、「ホトトギス」は俳句雑誌として再出発しました。「客観写生」を主張し、碧梧桐の新傾向俳句に対峙して、守旧派を宣言、「花鳥諷詠《ふうえい》詩」を提唱しました。最晩年には「存問」を主張します。これは難しく考えることはなく、日常の挨拶が俳句であり、俳句を生きるということでしょう。虚子は贈答句の達人でした。物品ばかりでなく、慶弔《けいちょう》に際しても句を贈っています。稀有な指導力を発揮して俳句界の大御所となり、「ホトトギス」は多くの俳人を輩出して、俳壇を席巻する勢いを示し、いまなお存在感を保っています。

「**白牡丹と**」の句。ことばに惑わされず、無心に物を見ることにより、このように美しい発見があった。「客観写生」に徹し、成功した句といえましょう。季語は牡丹、夏。

「**去年今年**」の句。年が明けて、去った年と新しい年を前にとどめようのない時の流れを見ています。俳句は小さな詩型ですが、大きな宇宙の中に身を置く七十六歳の豪胆な句です。去年今年は新年の季語。

へうへうとして水を味《あじわ》ふ
種田山頭火

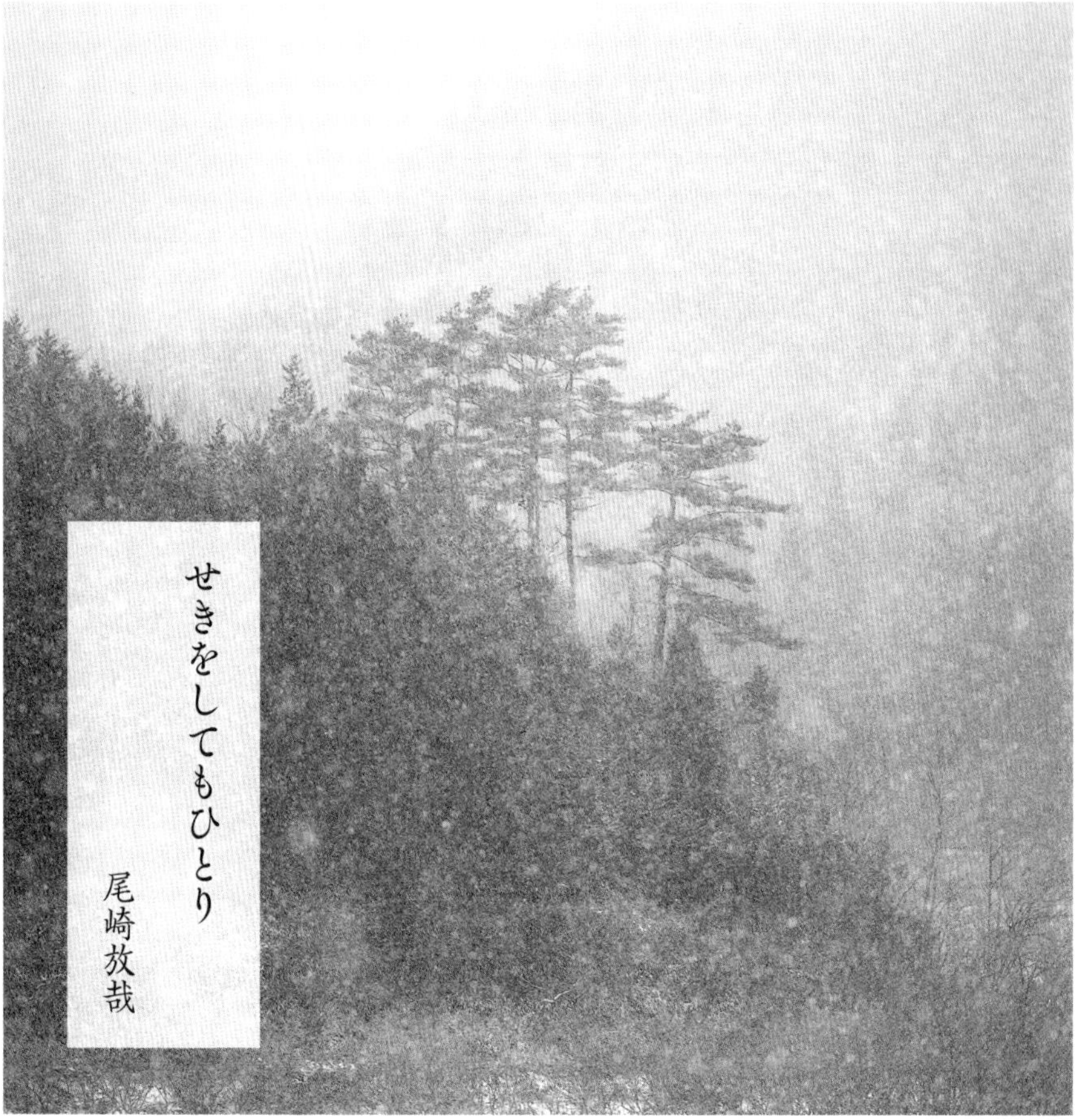
せきをしてもひとり
尾崎放哉

種田山頭火（たねだ・さんとうか　一八八二―一九四〇）は漂泊の俳人として知られています。瀬戸内海の周防灘《すおうなだ》に面した山口県の大地主の家に生まれました。少年時代に母が自宅の井戸に投身自殺したことから一家の不幸が始まりました。神経衰弱のため早稲田大学文科中退、帰郷して父と酒造業を営み、結婚。自由律の俳人・荻原井泉水《おぎわらせいせんすい》（一八八四―一九七六）主宰の「層雲」に句を発表するようになります。酒造りには適さない土地だったようで、二年つづけて酒蔵の酒が腐敗、生家は破産します。弟の自殺、離婚などを経て、大正一四年出家。「大正十五年四月、解くすべもない惑ひを背負うて、行乞《ぎょうこつ》流転の旅に出た。」という前書のある句があります。

　分け入っても分け入っても青い山

　この世ならぬところをさまよっているような語感もあります。

別れた妻の住む熊本から四国、山陽、北九州地方を行乞。昭和七年、山口県小郡《おごおり》に「其中《ごちゅう》庵《あん》」を結びますが、なお遍歴をつづけました。松山市の「一草庵《いっそうあん》」が終《つい》の住処《すみか》となりました。「**へうへうと**」の句。「へうへうとして」というのは、水がひょうひょうとしているのか、そのようにして水を味わうのか、水とわれと一体となって、余計なものが省かれ、澄んだ心が現れたような句です。漂泊者には季語も定型も束縛と感じられるのです。『行乞記』に、「今日は酒が好きな程度に於て水も好きである。（中略）これからは水のやうな句が多いやうにと念じてゐる。」と記しています。

尾崎放哉（おざき・ほうさい　一八八五―一九二六）は山頭火と並び称される自由律・単律の俳人です。山頭火は昭和三年、四国八十八ケ所巡礼の折り、小豆島の放哉の墓に参っています。「層雲」掲載の句を見ていたのでしょう。

放哉は鳥取県生まれ。東大法学部卒。東洋生命保険大阪支店次長、朝鮮火災海上支配人などの要職につきますが、飲酒癖のため地位を追われました。妻とも別れ、宗教道場である京都一燈園《いっとうえん》で下座《げざ》奉仕の生活を始めますが、落ち着けずに諸所の寺の寺男や堂守になります。最後は小豆島の西光寺奥の院、南郷庵の寺男でした。

「**せきをしても**」の句。「咳をしても一人」の表記も見られますが、平仮名表記は荻原井泉水編の遺句集『大空《たいくう》』に拠りました。最晩年の代表句です。南郷庵での作。コホンと咳をしても、誰もいないから、誰も何も言ってくれない、淋しい、といった感じかと思っていたのですが、このころは急性気管支炎の上に喉頭結核の病状が悪化、ひどい咳に苦しんだということです。入院を勧められましたが、応じなかったそうです。一人であることを選びとった人には、淋しさや甘えはなかったでしょう。

墓　の　う　ら　に　廻《まわ》　る

これも最晩年の作です。自らの死の近いことを予感し、墓石を見ています。ふと「うらに廻る」。ひょっとしたら霊界の消息が分かるかもしれぬ。作為を離れ去った無心な声です。四十一歳で亡くなりました。

をりとりてはらりとおもきすゝきかな
飯田蛇笏

くろがねの秋の風鈴鳴りにけり

飯田蛇笏

飯田蛇笏（いいだ・だこつ　一八八五―一九六二）は山梨県に名字帯刀を許された大地主の長男として生まれました。十歳ころ、この地方に月並俳諧が流行っており、見よう見まねで句を作り始めました。早稲田大学英文科在学中、高浜虚子選「国民俳壇」「ホトトギス」に投句、虚子を中心とした俳句道場「俳諧散心」に最年少者として参加します。直後に虚子が俳壇引退を表明、小説に転向したことから、失望し、生家の要請により、大学を中退して家郷に戻ります。以後山梨を離れることはありませんでした。大正三年、虚子が俳壇復帰。再び「ホトトギス」に出句、中心的な作家になりました。一方愛知県で発刊された「キララ」の主選に当たり、のち「雲母」と改称、主宰となりました。

筆者が初めて読んだ蛇笏の句は、

芋の露連山影を正《ただし》うす

でした。中学校の教科書で出会ったのです。私は里芋の葉に露がのっていて、その水玉の一つひとつに正しく連山の影がうつっている風景だと思い、ことばのひびきも気に入って忘れませんでした。先生は俳句の「切れ」について教えてはくれなかったのです。「芋の露」で切れるのです。水玉から目を上げると、甲府盆地を囲む山々が本来の姿をくっきりと見せているのです。ところで「正しい」という字、教科書とは相性がいいようですね。

父祖の地を動かなかった蛇笏も、平穏無事な生活を送れたわけではありませんでした。昭和一六年、次男病没。一九年、長男レイテ島にて玉砕、三男外蒙《がいもう》にて戦病死の公報に接しなければなりませんでした。悲劇は二〇年七月甲府空襲まで続きました。「戦死報秋の日くれて来たりけり」「暖かく掃きし墓前を去りがたし」「春雪に子の死あひつぐ朝の燭」などの、子らをしのぶ痛ましい句があります。歯をくいしばって父親は寡黙に耐えたのです。四男龍太（65ページ参照）は父について俳句を始め、のちに「雲母」を継承主宰しました。

「**をりとりて**」の句。初出は「折りとりてはらりとおもき芒かな」。のちに仮名書きにしたことで、すすきのかろやかな質感が表現されました。この句の眼目は「はらりとおもき」にあります。「はらりと」という軽いものをあしらう形容語句に、「おもき」という形容詞をつなげたところに、えもいわれぬ味があります。軽いと見て手にとったら、重さがあった、絵が実体となったような戸惑いがあります。いかにも剛直な句をつくる蛇笏の繊細な感性も好ましいものです。

「**くろがねの**」の句。簡潔な句です。この句の眼目は「くろがね」。作者は「自註五十句抄」で「往年市で非常に良い音の風鈴を見ながら購《もと》めてきた」と書いています。安東次男はこの風鈴について「古風鈴、それも江戸期あたりの風鈴では、金属の質が悪いから、もっと古い山金か砂鉄でつくられたものであろう。」と想像しました。一陣の秋の風をとらえて、季節外れの涼しい音を一つだけ鳴らす、異界の消息のように、とは筆者の片寄った読みでしょうか。

湯豆腐やいのちのはてのうすあかり
久保田万太郎

水枕ガバリと寒い海がある
西東三鬼

久保田万太郎（くぼた・まんたろう　一八八九―一九六三）は東京浅草に生まれました。慶応義塾大学文学部在学中、「三田文学」に小説、戯曲を発表しています。文壇に出て、演出や放送局の仕事も加わってからは、一時俳句から遠ざかりましたが、復帰しました。俳句一筋ではなかったところから余技とも見られましたが、自由な即興句をよくしました。昭和二一年「春燈《しゅんとう》」を創刊主宰、門人には安住敦《あずみあつし》、銀座の小料理店女将・鈴木真砂女《まさじょ》らがいました。

東京下町の暮らしをなつかしむことから万太郎の俳句は始まったといえます。

竹馬やいろはにほへとちり〴〵に

幼いころ竹馬に乗って遊んでいた、いわゆる「竹馬の友」も「ちりぬるを」ならぬ「ちり〴〵に」、離ればなれになったという懐旧の句。学校で「いろは」を学んだなあという思い出を舌にころがしているうちに名句になったのかもしれません。「竹馬」は冬の季語。

「**湯豆腐や**」の句。熱い湯の中で豆腐が揺れています。くつろいだ団欒《だんらん》のひとときかと思いきや、豆腐に「いのちのはてのうすあかり」を取り合わせるとは、作者の容易ならざる心境が想われます。愛人三隅一子との同棲により、ようやく穏やかな老年の日々を過ごせるかに見えたのですが、彼女は急逝します。追懐の句に「死んでゆくものうらやまし冬ごもり」「鮟鱇《あんこう》もわが身の業《ごう》も煮ゆるかな」があります。万太郎は彼女の死の半年後に、誤嚥《ごえん》のため、命を落としました。「湯豆腐」「鮟鱇」は冬の季語。

西東三鬼（さいとう・さんき　一九〇〇―六二）は岡山県津山市生まれ。日本歯科医専卒。大正一四年、結婚したばかりの妻を伴い、シンガポールで歯科医院を開業。チフスに罹《かか》り、不況もあって四年後に帰国。東京で病院勤務をしますが、患者の若者たちのすすめで俳句を始めたといいます。昭和一三年、歯科医業を廃して、小貿易商社の社員となります。別に南方商会設立。一五年、治安維持法違反の名において弾圧を受けました。
反戦主義者というよりは厭戦《えんせん》主義者であった三鬼は、東京の生活に絶望し、一七年から二一年までの戦禍の時代を単身、神戸のホテルやお化け屋敷のような異人館・三鬼館で過ごし、再び妻子のもとに帰ることはありませんでした。そこには女性たちや俳人、評論家が出入りしたそうで、不思議な磁場と熱量をもっていた人のようです。このころの作です。

おそるべき君等の乳房夏来《きた》る

中年や遠くみのれる夜の桃

一句目は外国人女性の逞《たくま》しき乳房に感嘆したのでしょう。二句目は時間的に遠くなったエロスを「夜の桃」と表現しています。いずれの句も人が好んで口の端にのせます。
「**水枕**」の句。昭和一〇年、急性の肺結核症状で高熱が続いていたときでした。水枕に頭を乗せると、「ガバリ」と氷がぶつかり合う氷海に投げ出されたような気がした。俳句を作ろうという意識もなかったので、季語などはもはやどうでもよかったのです。三鬼自ら「私の俳句は、この句によって開眼した」といっています。

谺《こだま》して山ほととぎすほしいまゝ
杉田久女

この樹《き》登らば鬼女となるべし夕紅葉《ゆうもみじ》
三橋鷹女

乳母車夏の怒濤《どとう》によこむきに

橋本多佳子

外《と》にも出よ触《ふ》るるばかりに春の月
中村汀女

杉田久女（すぎた・ひさじょ　一八九〇―一九四六）は鹿児島市生まれ。お茶の水高女卒。画家・中学教師の杉田宇内と結婚。夫の任地・小倉に住みました。「ホトトギス」に投句、同人となります。陶淵明の「東籬《とうり》の菊」にちなみ、師の不老不死を願って菊枕を縫い上げ、鎌倉の虚子に贈った逸話は有名です。しかし同人になって四年後に理由もなく除名されました。晩年は精神疾患のため、太宰府の鉄格子のある筑紫保養院で没しました。五十五歳でした。掲出句の他に代表句「花衣ぬぐやまつはる紐《ひも》いろ〳〵」。晴れ着をぬいでいると紐がからまってきます。紐は生活のしがらみなどを表わすと見たい。「足袋《たび》つぐやノラともならず教師妻」など。「ノラ」はイプセン「人形の家」の女主人公。

「**谺して**」の句。英彦《ひこ》山に七、八度足を運んで得られた句。下五の結び「ほしいまゝ」によって、大景に命を吹き込みました。久女には悲劇性の感じられる句もありますが、これは格調の高さを示す一句といえましょう。「ほととぎす」が夏の季語。

三橋鷹女（みつはし・たかじょ　一八九九―一九七二）は千葉県成田市生まれ。成田高女卒。汀女・立子（星野）・多佳子と並び、四Tの一人に数えられました。

「**この樹登らば**」の句。気性の烈しさに女の情念がからみ、忘れがたい一句です。夕暮れどきの紅葉の禍々《まがまが》しい赤は、魔性を宿しているようです。「紅葉」は秋の季語。

代表作に「夏痩せて嫌ひなものは嫌ひなり」。小気味のいい啖呵《たんか》と申せましょう。「白露や死んでゆく日も帯締めて」。因習嫌いに、女であることの悲しみも。

橋本多佳子（はしもと・たかこ　一八九九—一九六三）は東京生まれ。結婚後、小倉市に住み、杉田久女に俳句の手ほどきを受けました。虚子、ついで山口誓子に師事。昭和一二年、三十八歳のとき夫と死別。奈良に疎開、そのまま住み着きました。西東三鬼らと奈良俳句会で鍛練の時をもち、力をつけましたが、生来の資質に加え、師と句友に恵まれたといえましょう。

「**乳母車**」の句。多佳子五十歳ころの作です。こういう風景を見たのでしょう。乳母車が波打ち際に「よこむき」なので、いつ波にさらわれるかもしれない。船も横波を警戒します。存在の危機感が鋭くあらわれ出ており、なぜか心を乱される一句です。

他の代表作に「七夕や髪ぬれしまま人に逢ふ」「雪はげし抱かれて息のつまりしこと」。前句は織女星の髪も濡れているように。後の句は亡夫をしのんで。

中村汀女（なかむら・ていじょ　一九〇〇—八八）は熊本市の江津《えづ》湖畔に生まれました。「ホトトギス」に投句、虚子に師事。日常の暮らしの中に俳句の精髄をつかみ、その普及に力を尽くしました。

「**外にも出よ**」の句。家にもぐっていないで、外に出てきなさい、ほらお月さまがさわれそうに大きい、というのでしょう。たっぷりと水気をふくんだ景色と言葉が快い。

他の代表句に「曼珠沙華《まんじゅしゃげ》抱くほどとれど母恋し」「咳の子のなぞなぞあそびきりもなや」。家族の情愛をふくよかに描きだしました。

冬菊のまとふはおのがひかりのみ
水原秋桜子

海に出て木枯帰るところなし
山口誓子

水原秋桜子（みずはら・しゅうおうし　一八九二―一九八一）は東京神田生まれ。東大医学部卒。家業の産婦人科病院経営、昭和医専教授など。大学の研究室時代、俳句は松根東洋城《まつねとうようじょう》の「渋柿」に拠りましたが、同時に窪田空穂《くぼたうつぼ》から短歌の指導を受けていました。三十二歳のとき、高浜虚子の「ホトトギス」同人となり、阿波野青畝《せいほ》、山口誓子、高野素十《すじゅう》とともに四Sと呼ばれましたが、自然に深くおのれを投影しようとする主情的俳句を探り、その点で客観写生を説いた虚子と対立し、「ホトトギス」を離れて「馬酔木《あしび》」を主宰。いわゆる新興俳句運動です。秋桜子の世界は「綺麗寂び」といわれます。

「**冬菊の**」の句。空襲で病院、自宅を焼かれ、八王子に移りました。寂しい庭に小菊などを植えたところ、冬になってもまだ咲いていました。それが焼けだされた自分の境遇からみて、真に気高いものに見えたのでしょう。「ひかり」とあるので、多分白菊です。

　連翹《れんぎょう》や真間《まま》の里びと垣を結はず

「真間」は万葉集の悲劇の美女・真間の手古奈《てこな》を想わせます。江東葛飾の地にあり、作者は子どものころからよく葛飾を訪れました。「垣を結はず」誰でも迎え入れる、のどけさ。郷愁がにじんでいます。「連翹」は春の季語。枝に黄色の小さな花を点々とつけます。

　滝落ちて群青世界とどろけり

「午後、那智山に登る」と前書があります。滝は原生林の中を落ち、遠望することもできます。滝の力強さと荘厳。これに勝る那智の滝の句はありましょうか。「滝」が夏の季語。

山口誓子（やまぐち・せいし　一九〇一―九四）は京都市生まれ。東大法学部卒。昭和四年、「ホトトギス」同人、前項に触れたように四Sの一人。一〇年、秋桜子の「馬酔木」に加盟、二三年、西東三鬼・橋本多佳子らの勧めに従い、「天狼《てんろう》」を創刊・主宰。病弱ではありましたが、「酷烈なる俳句精神による根源追求」を宣言しました。

「**海に出て**」の句。昭和一九年の作。戦時中、しかも病気療養中の誓子は家居にあって毎日作句をつづけて倦《う》むことがありませんでした。同じ日の作に「ことごとく木枯去つて陸になし」があります。木枯は海へ去っていったのです。誓子の目に茫洋《ぼうよう》とした海が広がりました。木枯は海へ去って、はかなくなるのでしょう。「その木枯はかの片道特攻隊に劣らぬくらい哀れである」と「自作案内」に記しています。じつはその読みは最初西東三鬼によるものだったようです。

「こがらしの果はありけり海の音」という江戸時代の池西言水《いけにしごんすい》の亜流だと言う人には、「句の意向するところは全く別である」と作者は述べています。言水の句にはさみしさ、誓子の句には孤独感があると筆者は感じます。「木枯」は冬の季語。

他の代表句を一つ。

蟋蟀《こおろぎ》が深き地中を覗き込む

太平洋戦争前夜の不穏な時代、真っ暗な地中は作者の胸中かもしれません。蟋蟀の句はいくつかあります。「俯向《うつむ》きて鳴く蟋蟀のこと思ふ」。「蟋蟀」は秋の季語。

降る雪や明治は遠くなりにけり
中村草田男

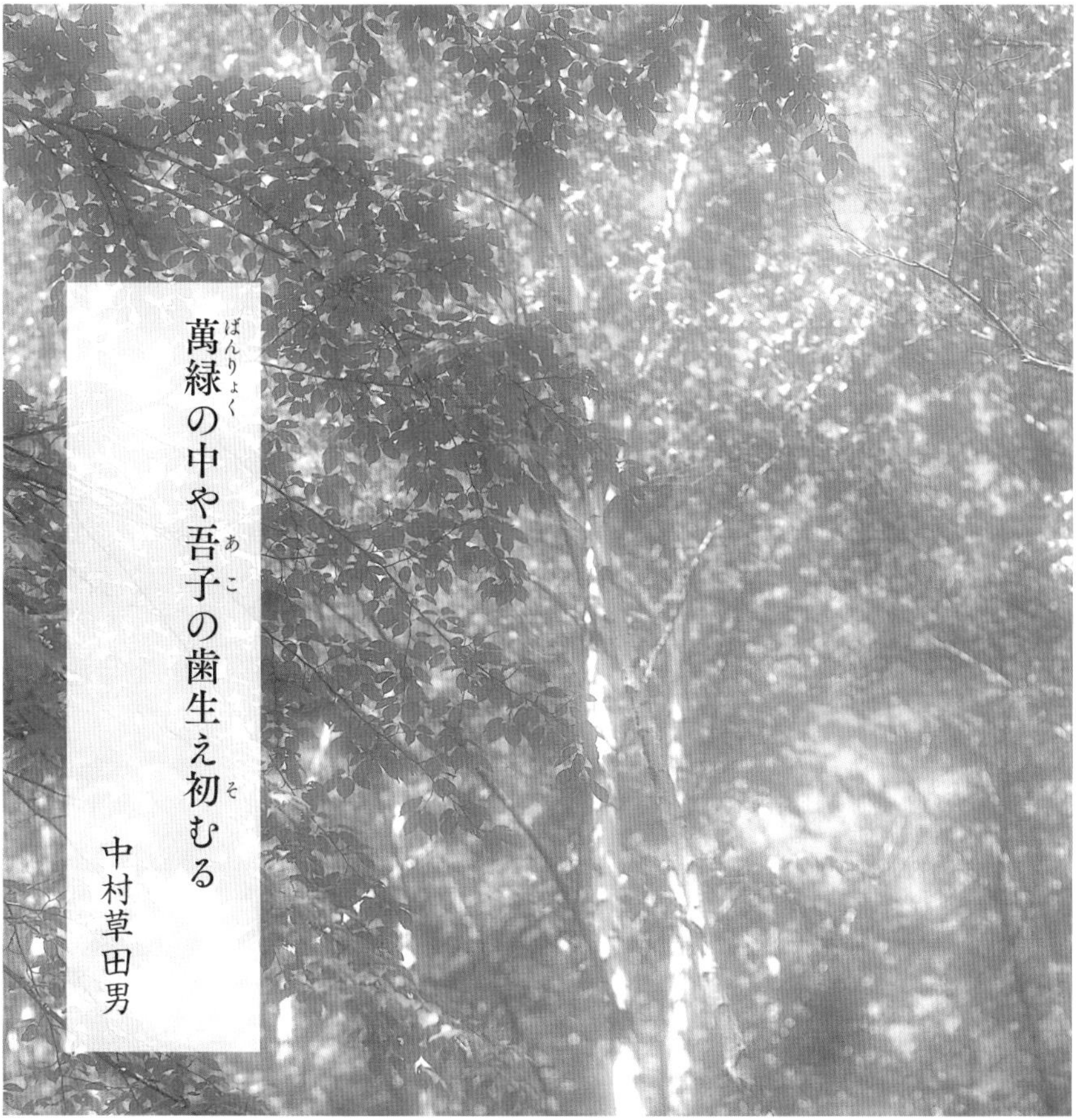
萬緑《ばんりょく》の中や吾子《あこ》の歯生え初《そ》むる
中村草田男

中村草田男（なかむら・くさたお　一九〇一―八三）は外交官だった父の任地・中国の福建省廈門《アモイ》の日本領事館に生まれました。父は愛媛県松山の人。四歳のとき帰国。東大独文から国文科に転じ、八年かかって卒業。成蹊大学教授。昭和九年「ホトトギス」同人。一四年ころから加藤楸邨《しゅうそん》、石田波郷とともに難解派、人間探究派と呼ばれました。数冊のメルヘン集の作者でもあります。

「**降る雪や**」の句。あまりにも有名な句です。雪が降っていると、老人たちは追憶の目をして、この句を口ずさみました。その一方で、問題もある句なのです。一つは、俳句では「や」「かな」「けり」などの切字は一句のうちで一度だけという不文律があるのですが、この句では切字が二度、「や」「けり」と使われています。素人っぽい親しみやすさ、ともいえましょうか。

もう一つの問題は、「獺祭忌《だっさいき》明治は遠くなりにけり」という先行句があることです。作者は専門俳人ではない若い人だったそうです。獺祭忌は正岡子規の忌日。「降る雪や」という焦点の結ばれない上五をそれに換えて据えたとき、先行句を越え、この句がにわかに広がりをもち、そして人びとの共感を呼ぶ句になったのです。俳句芸術の不思議なところであり、草田男という人の不思議なところです。

「**萬緑の**」の句。歳時記に「万緑」が夏の季語として採用されたのは、この句からだというのは有名な話です。手元の『ホトトギス新歳時記』の記述には「『万緑叢中《そうちゅう》紅一点』という王安石の詩句から出た語で、見渡す限りの緑をいう。みなぎるような夏の生命力が感じられる」として、作例の筆頭にこの句が挙げられています。

昭和一四年、次女が誕生して五、六ヵ月、旺盛な青葉の中に、わが緑子の乳歯が新芽のように生えているのを発見した感動が詠まれています。

「万緑」は次句集の題名になり、また七年後、主宰誌の誌名ともなりました。

草田男は妻子をいつくしむ句を何句も作りました。以下にいくつか掲げます。

妻二《ふ》夕夜《や》あらず二夕夜の天の川

妻の留守に星合を想いながら、天の川をみつめる夫。不在が妻恋の情緒を高めます。

「天の川」が秋の季語。

吾妻かの三日月ほどの吾子胎《やど》すか

三日月を見て、その形から妻の孕《はら》んでいる命を想います。大いなる神秘に打たれている夫です。「月」が秋の季語。

妻抱かな春昼の砂利踏みて帰る

「抱かな」の「な」は自分の意志を表す古語の終助詞。抱こう。万葉東歌の男のようです。砂利は楽しい抵抗でありましょう。「ぬけぬけと」とか「天真爛漫」といった評語も見られますが、作者の人間性の豊かなところです。

これらの句にはａ音がよく用いられており、明るくいきいきした感情を示しています。

隠岐《おき》やいま木の芽をかこむ怒濤かな
加藤楸邨

雉子《きじ》の眸《め》のかうかうとして売られけり
加藤楸邨

加藤楸邨（かとう・しゅうそん　一九〇五―九三）は東京生まれ。父が鉄道省官吏であったため、任地を転々とします。「私にとつて最も不幸なのは故郷を持たぬことであつた」と第一句集『寒雷《かんらい》』の後記に記しています。一九歳のとき父死去。苦学し、昭和一二年、東京文理大国文科入学。青山学院女子短大教授。俳句は水原秋桜子に師事、「馬酔木」に投句。のち前項に記したように中村草田男、石田波郷とともに「難解派」「人間探究派」と称されました。一五年、「寒雷」を創刊・主宰します。

「**隠岐やいま**」の句。島根県境港の北方の沖合に浮かぶ隠岐は後鳥羽上皇・後醍醐天皇の配流の島です。後鳥羽上皇は十九年間を島で過ごし、崩じたのですが、その無念をしのび、楸邨は昭和一六年追慕の旅に出ました。上皇の悲痛にして威厳に満ちた和歌が知られています。「われこそは新島守よ隠岐の海のあらき波風こころして吹け」（私が新任の島守だ。隠岐の海の荒い波風よ、気をつけて吹け）。楸邨が訪れたのは隠岐島の芽吹きのときでした。やわらかな緑の中にあっても上皇の憤怒の思いは、怒濤《どとう》のごとくいまに滅びないと体感したことでしょう。「木の芽」が春の季語。

「**雉子の眸の**」の句。昭和二〇年一二月の作。空襲で焼け出され、仮寓《かぐう》退去をも迫られているころでした。おそらく闇市でしょうか、猟の獲物の雉《きじ》が売られていました。「かうかう」は耿々。その目は野の生きものの誇りと悲劇性をたたえていました。雉は留鳥ですが、繁殖期の雄の呼び声から春の季語とされています。この句は猟鳥なので、冬です。

楸邨はこのように剛直で激烈な句ばかり作っていたのではありません。晩年のどこか余裕を感じさせるユーモラスな句もぜひ味わっていただきたいものです。

天の川わたるお多福豆一列

「お多福豆」は蚕豆《そらまめ》の一品種で大粒のものや、甘く煮たものをいったりします。また「お多福」は「おかめ」ともいい、平べったい顔の女性をからかっていいました。福相なのですが。さてこの句、「私たちもひとめ彦星さまを見てみたいわ」とお多福豆星が列をつくって天の川を渡っていったというのが筆者の想像です。いや、無理に辻褄を合わせようとせず、このままでノンセンス俳句として楽しめたら、それがいちばん上等の読み方かもしれません。「お多福豆」は実感に乏しいので、「天の川」が秋の季語です。

百代《はくたい》の過客《くわかく》しんがりに猫の子も

「百代の過客」は芭蕉の『おくのほそ道』の冒頭、「月日は百代の過客にして、行きかふ年もまた旅人なり」（月日は永遠の旅人であり、行ったり来たりする年もまた旅人である）から来ています。船方も馬方も旅人であって、むかしの詩人たちも多く旅に死んでいる、と続きます。自分も芭蕉の後を追う旅人であるが、最後尾には子猫もいる、というのです。子猫もこの世の旅人であると、楸邨は考えます。芭蕉の悲壮感はずいぶんやわらげられました。楸邨は大の猫好きで、猫の名句もたくさんあります。「恋猫の皿舐《な》めてすぐ鳴きにゆく」「くすぐつたいぞ円空仏に子猫の手」など。子猫が春の季語です。

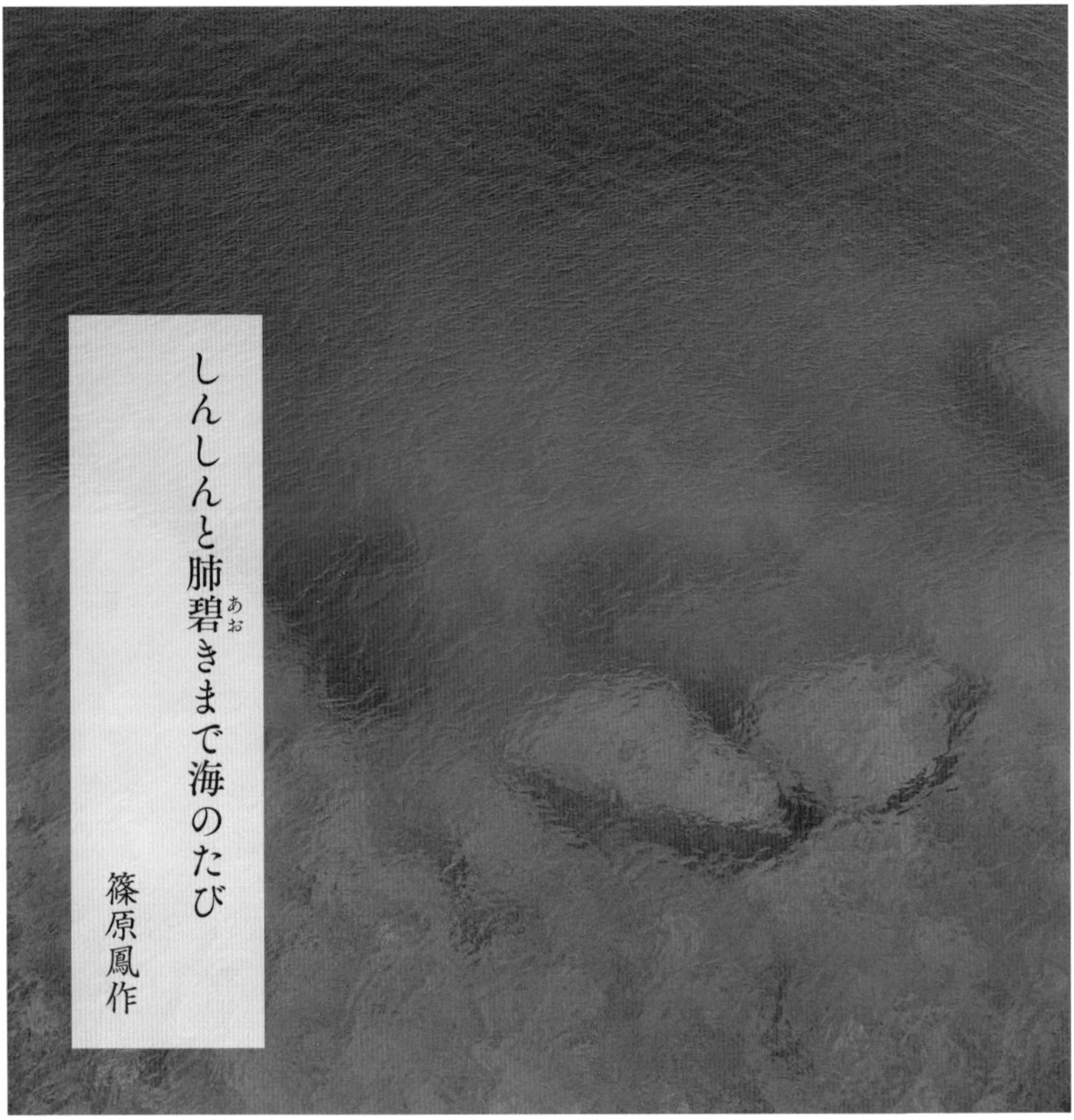

しんしんと肺碧《あお》きまで海のたび

篠原鳳作

戦争が廊下の奥に立つてゐた

渡辺白泉

篠原鳳作（しのはら・ほうさく　一九〇六―三六）は鹿児島市生まれ。東京大学法学部卒。宮古島、鹿児島の中学校教諭。東大在学中に「ホトトギス」に投句。新興俳句運動に共鳴、無季俳句を強力に推し進めました。病いのため三十歳で夭折《ようせつ》。

「**しんしんと**」の句。無季俳句の代表作として高い評判を得た作。「しんしんと」がいいですね。何かがしずかに、絶え間なく、しみこんでくる感じです。自分の肺も海の気を吸い込んで、もう碧《あお》くなっているだろう、と作者は想像します。清新な詩です。

この句は「海の旅」と題する連作三句の中の一句。他の二句も無季ですが、左記に。

満天の星に旅ゆくマストあり
幾日《いくか》はも青うなばらの円心に

当時、鹿児島から宮古島までは船で三昼夜を要したそうです。「星月夜」や「星の夜」は秋の季語。「満天の星」は季語になっていませんが、秋でしょう。筆者も東シナ海を一昼夜かけて船旅をしたことがありますが、海水の透明度の高い藍《あい》、青、緑には息を呑みました。港々で船べりから水を覗き込むと、魚の群れがひしめいていました。

掲出作の句碑が薩摩半島南端の長崎鼻と宮古島の小高い丘にあり、二基は海をはさんで向き合っているそうです。

鳳作は亜熱帯である沖縄で作句しようとしたとき、内地とは季節感が違うことに悩み、けっきょく季語を放棄したといわれています。

渡辺白泉（わたなべ・はくせん　一九一三―六九）は東京生まれ。慶応大学経済学部卒。水原秋桜子の「馬酔木」などに投句。のち「京大俳句」に参加。昭和一五年、新興俳句総合誌「天香《てんこう》」創刊に参加。京大俳句弾圧事件に連座し、検挙されました。起訴猶予となりますが、執筆を禁じられ、古俳諧の研究に没頭しました。一九年応召。横須賀海兵団に入団、水兵。二〇年復員。結社に所属せず、中学、高校の教諭として過ごしました。病いのため、五十五歳で亡くなりました。

「**戦争が**」の句。白泉の代表作のみならず、戦争を詠んだ代表的な句といえましょう。昭和一四年、「京大俳句」に発表されました。第二次世界大戦が勃発した年です。一六年に始まる太平洋戦争前夜の不安感、緊張感が庶民の日常の暮らしにまでひたひたと浸透してきていました。戦争というものの擬人化です。どこかの廊下の奥、そこは通って行かなければならないところですが、その奥の薄暗いところに「戦争」がいて、不気味に立ちふさいでいました。季節などにこだわっている悠長さはありません。直截《ちょくせつ》的な口語を用い、皮膚感覚に迫ってきます。

　夏 の 海 水 兵 ひ と り 紛 失 す

応召中の作品。監視艇に配属され、繁忙な軍務に追われながら、ひそかに俳句を書きとめていました。艦上から水兵が一人転落したようです。それを「紛失」と、物であるかのように見る非情が戦時にはありました。

紺絣《こんがすり》春月重く出でしかな
飯田龍太

水脈《みお》の果《はて》炎天の墓碑を置きて去る

金子兜太

おおかみに螢《ほたる》が一つ付いていた
金子兜太

飯田龍太（いいだ・りゅうた 一九二〇—二〇〇七）は、山梨県生まれ。飯田蛇笏（34ページ参照）の四男。長兄、三兄、弟が応召。次兄は病死。長兄戦死、三兄戦病死。龍太は病身のため召集を免れました。国学院大学卒。父蛇笏主宰「雲母」の編集に当たる一方、山梨県立図書館に勤務。蛇笏没後同誌を継承、主宰します。平成四年終刊。

「紺絣」の句。昭和二六年、龍太三十一歳の作。幼年時代、五人の兄弟は紺絣の着物を着ていました。小さくなった兄たちの着物が次々に下がってきたことでしょう。作者自註を引きます。「春の月の色は厭《いや》らしい、という人があるが、山国の澄んだ夕景色の、特に早春の姿はまんざらではない。清潔な色気がある。あるいは母の乳房の重みといってもいい。したがって幼時を思い出す」。筆者は「春月重く」は、青春の重たい煩悶《はんもん》を抱いて月を見ているのかと思っていました。他の代表句を挙げておきます。

春の鳶《とび》寄りわかれては高みつつ

二羽の鳶が輪を描きながら、寄り添うかとみれば別れます。そうしながら二羽は空の高みへと飛んでいくのです。恋のシーズンの鳥ですが、人の真摯《しんし》な恋のすがたでもあるようです。昭和二三年以前の作とありますから、独身時代です。品格を感じさせます。

一月の川一月の谷の中

具体的な事物の描写はなく、清浄な気だけがあるような句です。作者の脳裡にあったのは、生家である自宅の裏を流れる狐川だったようです。

金子兜太（かねこ・とうた　一九一九―二〇一八）は埼玉県秩父生まれ。東京大学経済学部卒。「寒雷」に投句、のち同人。昭和一八年、日本銀行に入行。一九年、海軍主計中尉としてトラック島（現ミクロネシア連邦のチューク）に赴任。戦後、米軍捕虜となりますが、二一年帰国、日本銀行に復職します。従業員組合の初代事務局長になり、福島、神戸、長崎支店に転勤。社会性に富んだ前衛俳句の旗手として活躍しました。三七年「海程」創刊。同人誌として始まりましたが、六〇年、主宰となります。没後「海程」終刊。

「水脈の果」の句。トラック島は激戦地の一つでした。戦争末期となると飢えて死んだ兵士が多数いたということです。兜太は最後の復員船で帰国しました。「水脈の果」にはトラック島があり、熱帯の太陽が照りつけていました。墓碑とはいっても木だったり、大きな自然石だったりしたそうです。彼は無惨な光景を目に焼き付け、船中でずっと思い浮かべていました。反戦の意思を鋭く表した一句です。

「おおかみに」の句。秩父にはむかしニホンオオカミがたくさんいたそうです。作者自解に「山気澄み、大地静まるなか、狼と螢、「いのち」の原始さながらにじつに静かに土に立つ。」とあります。兜太は大小問わず力いっぱい生きる生きものを愛しました。いまや滅んでしまったかもしれないオオカミに小さな螢の灯を一つ点じたのは、豪放で野太い声の作者のもつ繊細な愛でありましょう。この句を収録した『東国抄』には「狼生く無時間を生きて咆哮」という狼を讃える句もあります。

名歌編

柿の実のあまきもありぬ柿の実の
しぶきもありぬしぶきぞうまき
正岡子規

瓶《かめ》にさす藤の花ぶさみじかければ
たたみの上にとどかざりけり

正岡子規

正岡子規（まさおか・しき　一八六七―一九〇二）は、愛媛県松山生まれ。俳人としても歌人としても大きな足跡を残しました。政治家や小説家になる夢を捨てた後、古俳諧を研究し、俳句には写生の眼が大切と説きました。その俳句革新の事業は高浜虚子（26ページ参照）らに継承されることになります。

ほどなくして短歌革新に着手、「日本」紙上に「歌よみに与ふる書」を連載して旧派和歌を否定、「古今集はくだらぬ集」と言い切り、世間を驚かせました。短歌にも写生の姿勢が必要と主張したのです。その門に伊藤左千夫（一八六四―一九一三）、長塚節（一八七九―一九一五）らが集まり、左千夫門から斎藤茂吉（82ページ参照）らが輩出、歌壇の大きな流れを引き起こしました。

伊藤左千夫の代表歌を挙げておきましょう。

牛飼が歌咏《よ》む時に世の中のあらたしき歌大いに起る

（牛飼い〈牛乳搾取販売業〉である自分のような者が歌を詠む時代に、世の中の新しい歌が大いに起こってくるのだ）

「あらたしき」は、あらた、新しい。昂然《こうぜん》たる意気が感じられます。

長塚節の代表歌を左記に。

馬追虫《うまおい》の髭《ひげ》のそよろに来る秋はまなこを閉ぢて想ひ見るべし

（馬追虫〈スイッチョ〉が触角をそろ、そろと振って来る秋には、目をつむって想い

●四六判変型124頁（カラー24頁）
●本体1600円＋税

日本の名詩を読みかえす

高橋順子／編・解説
葉 祥明・林 静一・ながたはるみ／絵

北原白秋、中原中也、萩原朔太郎、
三好達治、八木重吉……
今なお輝きを失わない名詩54編を
詩人の高橋順子が選び、解説。
葉祥明らの挿画が詩の情感を
一層かきたてます。

本書の姉妹編

心に刻みたい「名詩の世界」。
美しいカラー挿画と共に贈ります。

世界の名詩を読みかえす

飯吉光夫／訳・解説
葉 祥明・唐仁原教久・東 逸子・田渕俊夫／絵

今ではすっかり目にしなくなった
ヘッセ、リルケ、ハイネ、ケストナー、ランボー……
決して古びることのない、
選りすぐりの名詩45編を
名訳で知られる飯吉光夫の解説付きで
お届けします。

●四六判変型112頁（カラー44頁）
●本体1600円＋税

いそっぷ社

見るのがよい）

ひそやかな日本の秋です。ともに子規が唱えた写生の歌とはいえませんが、作者の歌境をたずねたい名歌として知られています。

「**柿の実の**」の歌。（あまい柿もあるね。しぶい柿もあるね。しぶいのがうまいな）。子規は快活にして人間好きであったため、東京下谷根岸の家にはひっきりなしに人びとが訪れ、また到来物もありました。この柿は京都から十五個送られてきたもので、礼状に句や歌が添えられました。親身な心やりの他に発見もあるので面白い歌になっています。子規の「手紙歌」といったらいいのか、情味のこもった歌には独得のものがあります。たとえば伊藤左千夫宛に、「我庵《わがいお》の硯《すずり》の箱に忘れありし眼鏡取りに来《こ》歌よみがてら」。ついでに歌会をしようよ、と誘ってくれているのです。ところで子規の柿好きは有名で、「柿くへば鐘が鳴るなり法隆寺」という名句の作者でもあります。

「**瓶にさす**」の歌。（瓶にさしてある藤の花ぶさが短いので、畳の上まで届いていない）。「藤」十首連作の中の一首目で、有名な歌です。脊椎《せきつい》カリエスを発症して以来、彼はほとんど病床に臥《ふ》したままとなり、拷問のような痛みに泣きわめいたりしました。畳の上にのべた布団から藤の花を見上げているのだと察しられますが、届かざる空間に何を思っていたのでしょうか。作者は自分の境遇を嘆くというのでもない。淡々と見ています。享年三十五。

やは肌のあつき血潮にふれも見で
さびしからずや道を説く君
与謝野晶子

なにとなく君に待たるるここちして
出でし花野の夕月夜《ゆうづくよ》かな

与謝野晶子

春みじかし何に不滅の命ぞと
ちからある乳《ち》を手にさぐらせぬ
与謝野晶子

ああ皐月《さつき》仏蘭西《フランス》の野は火の色す
君も雛罌粟《こくりこ》われも雛罌粟

与謝野晶子

与謝野晶子（よさの・あきこ　一八七八―一九四二）は現在の堺市に生まれました。類まれな歌才を認めたのは、新派和歌運動を推し進め、新詩社を創立して「明星」を創刊、のちに夫となった与謝野鉄幹（一八七三―一九三五）でした。鉄幹の歌を一首掲げます。

われ男《お》の子意気の子名の子つるぎの子詩の子恋の子あゝもだえの子

（われは男子、意気の人、名の人、つるぎの人、詩人、恋の人、ああ悩める者）

まさにこの名調子の歌のとおり、師の浪漫的、壮士的熱情に晶子は惹かれていきましたが、やはり鉄幹を師と仰ぐ美貌の才女・山川登美子（一八七九―一九〇九）も想いを傾けました。しかし登美子は決められた結婚をすべく郷里・若狭へ去りました。哀婉《あいえん》な名歌があります。

それとなく紅き花みな友にゆづりそむきて泣きて忘れ草つむ

（それとなく紅い花はみな友にゆずり、私は友に背を向けて、泣いて忘れ草をつむのです）

この歌の「友」とは晶子です。薄幸な歌そのままに、登美子は二十九歳で病に倒れました。「紅き花」をゆずられた晶子は、鉄幹と結婚。歌集『みだれ髪』（一九〇一年）を出版して、一躍世の耳目を集め、大輪の花を咲かせるにいたりました。いずれも同書より。

「**やは肌の**」の歌。（やわ肌の熱い血のかよった女の体に触れようともしないで、さびしくはありませんか、道理を説くあなた)。世評はやかましかった。「身ぶるいした」と晶子に言ってよこした人もいました。「道を説く君」が誰かについては、鉄幹他諸説がありますが、鉄幹はこのころ女性と同棲中でしたから、彼ではなくて、女遊びをしたこともない道学者などお硬い男性のことでしょうか。男を挑発している大胆な歌で、めくるめく青春讃歌です。

「**なにとなく**」の歌。(なんとなくあなたに待たれているような気がして、外に出てみたら、花野に夕月がかかっていました)。「花野」は歳時記では秋の季語ですが、この歌の情趣は春かな、と読む人もいます。しかし春の「花野」は菫《すみれ》や蒲公英《たんぽぽ》、蓮華草《れんげそう》など背の低い花が多く、秋のそれほど豪奢《ごうしゃ》ではありません。桔梗《ききょう》、萩《はぎ》、女郎花《おみなえし》、月見草……。筆者はやはり秋と読みたい気がします。人の心も景色もしっとりと美しい名歌です。

「**春みじかし**」の歌。(春は短い。なにによって不滅の命かと、力のあるこの乳房を手にさぐらせる)。結婚前ですから、空想上の作でしょうが、衝撃的、官能的。短歌は上品なもの、情愛は包み隠すものと思い込んでいた人たちは仰天したことでしょう。

「**ああ皐月**」の歌。(ああ五月。フランスの野は火の色をしています。あなたもコクリコ、わたしもコクリコ)。一面の赤いコクリコの野に遊べば、二人ともコクリコの花になったように思われるのです。さきに海路渡仏した鉄幹を追って、翌年晶子は七人の子を置いて陸路パリに赴きました。明治四五年五月、明治最後の年、恋人夫婦の至福の日々でした。

のど赤き玄鳥《つばくらめ》ふたつ屋梁《はり》にゐて
垂乳《たらち》ねの母は死にたまふなり
斎藤茂吉

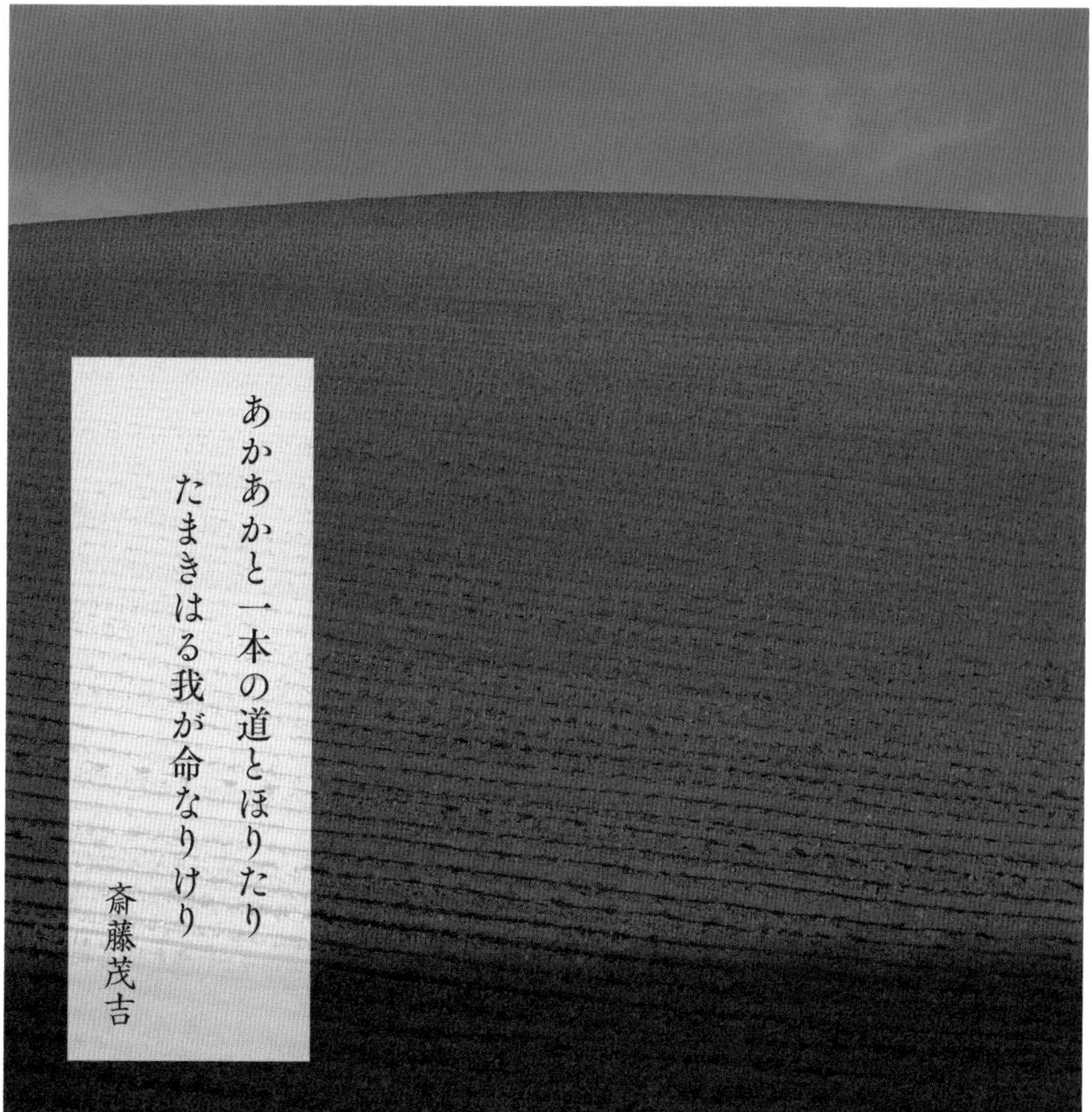
あかあかと一本の道とほりたり
たまきはる我が命なりけり
斎藤茂吉

ただひとつ惜しみて置きし白桃《しろもも》の
ゆたけきを吾《われ》は食ひをはりけり
斎藤茂吉

最上川逆白波《さかしらなみ》のたつまでに
ふぶくゆふべとなりにけるかも
斎藤茂吉

斎藤茂吉（さいとう・もきち　一八八二―一九五三）は山形県金瓶《かなかめ》生まれ。母は家付きの娘で、父は婿養子。両親とも農業を営んでいました。東京の親戚の開業医・斎藤紀一の養子となり、東京大学医学部に学びました。十三歳下の紀一次女・輝子と結婚。長崎医専教授を経て青山脳病院院長。

短歌を作りはじめたのは、上京後、第一高等学校時代に貸本屋で正岡子規の遺歌集『竹の里歌』を借りて読み、感動して一部を筆写してからでした。伊藤左千夫に師事、「アララギ」創刊に参加、のち編集責任者となります。

子規の説いた「写生」を重んじましたが、それは自然のみが対象ではなく、「実相に観入して自然自己一元の生を写す」ことでした。粘液質や分裂気質など特異な性格はよくいわれますが、ほとばしる生の衝迫《しょうはく》が数々の名歌を生みました。

「**のど赤き**」の歌。（のどの赤いツバメが二羽、梁《はり》に止まっていて、母は亡くなられる）。「垂乳ねの」は「母」「親」にかかる枕詞。つがいのツバメののどの赤さは凶兆のように見えます。強烈な赤の色彩が母の死に立ち会う嘆きを際立たせています。動物たちに囲まれる釈迦の涅槃《ねはん》図や、あるいは芭蕉の「行《ゆく》春や鳥啼《なき》魚の目は泪《なみだ》」を想わせるという評があります。そのような効果を生み出しているかもしれませんが、実景ではなかったでしょうか。第一歌集『赤光《しゃっこう》』（一九一三年刊）所収。連作「死にたまふ母」五十九首中の有名な一首です。同書は強烈な感覚表現などによって、画期的な歌集と讃えられ、歌壇内外に広く迎えられました。

「**あかあかと**」の歌。（あかあかと一本の道が通っている。私の命そのものである）。「たまきはる」は命などにかかる枕詞。夕日に染まる東京、代々木の原の一本道が直ちにわが行く道を思わせました。悲壮感と覚悟。この歌を収めた第二歌集『あらたま』（一九二一年刊）は結婚後、長崎に赴任するまでの歌を収めたものです。

「**ただひとつ**」の歌。『白桃』（一九四二年刊）所収。（ただひとつ惜しんでとり置いた白桃のゆたかなのを私は食べ終わってしまった）。食物への執着をはばからぬところもこの歌人は愛されています。茂吉の鰻《うなぎ》好きは有名で、毎日のように食べても飽きなかったそうですが、こんな歌があります。「これまでに吾に食はれし鰻らは仏となりてかがよふらむか」。この歌で何千体かの鰻たちを弔ったようです。

「**最上川**」の歌。（最上川に逆白波が立つほどに吹雪く夕となってしまったことだ）。生前最後の歌集『白き山』（一九四九年刊）所収。「逆白波」とは、流れとは逆方向に強風が吹いて波が立つこと。万葉調にひと息に成ったもので、心とすがたのみごとな一致といえましょうか。茂吉は敗戦後の昭和二一年、疎開先の郷里・山形県金瓶から最上川沿岸の大石《おおいし》田《だ》に移りました。大石田は最上川の雄大な流れに面したところです。この歌の歌碑が同地の乗船寺《じょうせんじ》境内にあり、茂吉の分骨を納めた墓もあります。雪の深いところだそうです。筆者がたずねたとき、墓は雪に埋もれぬよう囲いがほどこされていました。

春の鳥な鳴きそ鳴きそあかあかと
外《と》の面《も》の草に日の入る夕
北原白秋

君かへす朝の鋪石《しきいし》さくさくと
雪よ林檎《りんご》の香《か》のごとくふれ
北原白秋

北原白秋（きたはら・はくしゅう　一八八五―一九四二）は福岡県生まれ。生家は水郷・柳川の海産物問屋でした。詩、童謡、短歌、民謡など多岐にわたって絢爛《けんらん》たる才能を誇った国民的詩人といってよいでしょう。早稲田大学英文科予科中退。大学の同級生に若山牧水、土岐善麿《ときぜんまろ》がいました。与謝野鉄幹の「明星」に詩歌を投稿、新詩社入社、新進の第一人者と目されました。

明治四一年、木下杢太郎《もくたろう》、画家の山本鼎《かなえ》（妹の夫）らと「パンの会」を結成、当時文壇の主潮流であった自然主義に対抗して唯美主義の文学運動を起こしました。その会ではいつも白秋の「空に真っ赤な雲のいろ」が合唱されたそうです。

明治四二年、第一詩集『邪宗門』の異国情緒と象徴主義でもって人びとを驚嘆させ、白秋の詩史的位置を決定づけました。四四年の第二詩集『思ひ出――抒情小曲集』はじつは制作年代は『邪宗門』より前でしたが、筆一本で暮らすための思惑もあったのでしょう。水郷の幼年期をしっとりと韻律豊かに描き、これも天賦《てんぷ》の才がもてはやされました。

大正二年、江戸趣味もなつかしく、甘美な青春の歌をひびかせる第一歌集『桐《きり》の花』を刊行、詩人・歌人としてゆるぎない地歩を占めるに至りました。

その後数々の雑誌を創刊しますが、昭和一〇年、最後の主宰誌となった「多磨」を創刊し、「新幽玄体」を提唱しました。これまでの象徴主義を見直そうとしたのでした。

晩年には糖尿病、腎臓病のため視力が低下しましたが、幽暗の世界から生み出された歌集『黒檜《くろひ》』などを刊行しました。同歌集から一首掲げます。

照る月の冷《ひえ》さだかなるあかり戸に眼は凝《こ》らしつつ盲《し》ひてゆくなり

（照っている月の冷たさがはっきり感じられる明かり取りの戸にじっと眼を凝らしながら、視力を失ってゆくのだ）

外光に富んだ初期の作品からずいぶん遠いところに来たという印象があります。生涯に約二百冊の書物を著しました。

「**春の鳥**」の歌。（春の小鳥よ、鳴くな鳴くな。野面の草に入日の差す夕べ）。古語に新しい感覚を盛りました。小鳥よ、おまえは雌鳥が恋しくて鳴くのだろうが、おまえが鳴くと、美しいこの夕べ、私の人恋しさもつのる、というのです。『桐の花』巻頭を飾る歌。

「**君かへす**」の歌。（あなたを帰す朝の鋪石に、さくさくと雪よ、林檎の香りのように降ってくれ）。同じく『桐の花』より。隣家の人妻・俊子との恋愛の局面ですが、いとおしい清潔感があり、いまも愛誦《あいしょう》される相聞歌《そうもんか》です。白秋は「姦通《かんつう》罪」で訴えられ、未決監拘置事件が起こりました。のち夫と離別した俊子と結婚しますが、窮乏の中に別れます。上の句のサ行の歯切れのよさ。「さくさくと」は、女の下駄が雪を踏む音とも聞こえますし、林檎をかじる不思議な音も聞こえます。下の句の優しさ。辺り一面を雪が林檎の香のようにかんばしく包んでくれというのは、まるでいにしえの貴族の男女がかわした後朝《きぬぎぬ》の歌の近代版のようではありませんか。

幾山河《いくやまかわ》越えさり行かば寂しさの
はてなむ国ぞ今日も旅ゆく
若山牧水

白玉の歯にしみとほる秋の夜の
酒はしづかに飲むべかりけり

若山牧水

若山牧水（わかやま・ぼくすい　一八八五―一九二八）は宮崎県東臼杵《うすき》郡東郷村（現日向市）生まれ。祖父、父ともに医師でしたが、後を継がず、親族を嘆かせましたが、短歌に打ち込みました。早稲田大学英文科卒。「旅の歌人」にして「酒の歌人」といえば、この人です。生涯の作歌数七千首近くのうち、旅の歌は二千余首、酒の歌は三千首といわれています。九州、北海道、朝鮮半島まで各地を旅し、紀行文を書き、揮毫《きごう》会をひらいて、生活の資にあてました。朗々とした調べは牧水調といわれました。

妻・喜志子とは歌人・太田水穂《みずほ》宅で知り合って、翌年（明治四五年）結婚します。喜志子も歌人で、四人の子をかかえて留守を守りました。晩年には夫の揮毫旅行に同行したこともあったのですが。孤独をかこつ歌があります。

汝が夫《つま》は家にはおくな旅にあらば命光るとひとの言へども

（あなたの夫は家にいないほうがいい。旅に出ていれば命が光る、と人は言うけれど）

「命光る」とは、水を得た魚のようにいきいきとして、素晴らしい歌があとからあとからできるということでしょう。そうはいっても、人は勝手なことを言う、しばらく家にいてくれてもいいのにと妻は不満です。牧水没後、喜志子は夫の創刊した「創作」を継承、主宰します。堅実な妻であり、歌人でした。

明治四四年前後は世に「牧水・夕暮《ゆうぐれ》時代」を現出しました。ともに浪漫主義的傾向が見られますが、それは想像によるものではなく、どちらかといえば自然主義と目される歌風だったようです。前田夕暮（一八八三―一九五一）の初々しい名歌を掲げておきましょう。

木に花咲き君わが妻とならむ日の四月なかなか遠くもあるかな

（木に花が咲き、あなたが私の妻となる四月が、なかなか待ち遠しくもあるな）

「なかなか」が作者のはやる心、それを抑える心を表していて、ほほえまれます。

「**幾山河**」の歌。（いくつ山や河を越え去って行けば、寂しさの果てだという国があるのだろう。今日も旅をつづける）。大学在学中、宮崎へ帰省の途次、岡山県から投函された葉書に書かれていたもの。前年、千葉県外房の海岸での恋愛経験の影を引きずっているとも読めますが、まだ見ぬ土地に憧れる思いと寂しさとが、すでに分かちがたく結びついていたのではないでしょうか。他の歌にも「さびしさ」はよくみられます。「わが如くさびしきもの」と牧水はのちに妻に宛てた歌に自分のことをこう述べています。

「**白玉の**」の歌。（白玉のような、歯にしみとおる秋の夜の酒は、しずかに飲むべきである）。浅間山の麓《ふもと》に遊んだ折りの歌です。「白玉の」は歯の形容ではなく、酒のひとしずく、とは歌人・伊藤一彦氏の卓見です。「しづかに飲むべかりけり」とあるように、独酌を好みました。毎日一升酒を飲んだとか。他にもう一首、酒の歌を挙げておきましょう。

かんがへて飲みはじめたる一合の二合の酒の夏のゆふぐれ

（何やら考えて飲みはじめた一合の酒が、じきに二合になる夏の夕暮れ）

三十五歳のとき沼津市に転居。肝硬変などを病んでその地で死去しました。四十三歳。

はたらけど
はたらけど猶《なお》わが生活《くらし》楽にならざり
ぢつと手を見る

石川啄木

ふるさとの訛《なまり》なつかし
停車場の人ごみの中に
そを聴きにゆく

石川啄木

やはらかに柳あをめる
北上の岸辺目に見ゆ
泣けとごとくに
石川啄木

函館の青柳町《あおやぎちょう》こそかなしけれ
友の恋歌
矢ぐるまの花

石川啄木

石川啄木（いしかわ・たくぼく　一八八六―一九一二）は岩手県生まれ。神童といわれて育った啄木は自らの天才を信じ、人びとは自分の天才のために奉仕すべきであると考えていた節があります。盛岡中学在学中に上級生の金田一京助（のちの言語学者）、野村胡堂《こどう》（のちの作家）らに親しみ、文学に志して次第に学業成績が落ち込み、試験での不正行為が発覚して退学。文学で身を立てようと上京しますが、翌年帰郷。新詩社の同人となり、「明星」に詩作を発表、注目されます。

十九歳で初恋の人、節子と結婚。父は僧職でしたが、本山へ納めるべき宗費を滞納し、罷免《ひめん》され、一家の生活が啄木の肩にかかってきました。母校渋民《しぶたみ》小の代用教員を経て北海道へ渡り、また代用教員、地方新聞記者、校正係などの職を転々とし、乏しい給料の中でそれ相応のつましい生活を送ることは考えず、方々で借金を重ね、芸者遊びもしました。

二十二歳のとき再び上京。相変わらず生活に困窮し、友人や同郷人の庇護《ひご》の下で小説家を志しますが、果たせず、「東京朝日新聞」の校正係、また歌壇選者となります。二十四歳のとき歌集『一握《いちあく》の砂』を刊行、第一線の歌人の位置を確立しましたが、すでに慢性腹膜炎などの病は彼の体を蝕《むしば》んでいました。肺結核のため明治四五年、二十六歳で夭折《ようせつ》しました。没後『悲しき玩具』。詩集には『あこがれ』『呼子と口笛』があります。社会的関心の高い評論『時代閉塞の現状』も再評価されています。

短歌を芸術として神聖視するのでなく、苦悩や傷心をまぎらすための「悲しい玩具」と見ていたようで、ひとすじに一行でうたうよりは三行に分けるほうがよく精神の屈折を伝えうると思ったのではないでしょうか。平易でもあり、万人の胸に届く歌になりました。「**はたらけど**」の歌。いまでもこの歌に共鳴する人びとは多く、彼らはじっと「手を見る」。手は自分の努力を語り、運命を語るのです。彼以前には勤労者の歌はないといってよく、こういう歌もあります。

こころよく／我にはたらく仕事あれ／それを仕遂《しと》げて死なむと思ふ

代用教員や校正係の仕事では満足できなかったのでしょう。「**ふるさとの**」の歌。東北方面の列車の終着駅である上野駅でしょう。啄木は郷里の自然はなつかしがりましたが、帰るまいと思い定めていました。帰りたい、帰れない心は上野駅の人込みに向かうのです。「**やはらかに**」の歌。東北の新緑はまさにやわらかく、透けるようです。あまやかな韻律ゆえに読者も啄木の感傷に同調してしまいそうです。ふるさとを思い出してなつかしむ歌を啄木はたくさん作っています。この歌の堂々たる歌碑が北上川の岸辺に建っています。「**函館の**」の歌。函館の青柳町には友の下宿があり、啄木はそこに寄食していたのですが、のち妻子、母が来て同じ町内の借家に移りました。はかないもの、恋歌と花で思い出を飾ったのです。啄木の歌にはずいぶん「かなし」という表現があるのですが、「悲し」であり、「愛《かな》し」でしょうか。いずれも彼の痛点でありましょう。

最終の息する時まで生きむかな
生きたしと人は思ふべきなり
窪田空穂

葛《くず》の花　踏みしだかれて、色あたらし。

この山道を行きし人あり

釈迢空

窪田空穂（くぼた・うつぼ　一八七七―一九六七）は長野県生まれ。若いときに父母を失い、苦学して早稲田大学卒業。牧師・植松正久に導かれてキリスト教に入信します。早大名誉教授。国文学者。

歌人としては、はじめ「明星」に投稿しましたが、歌風になじめず、離れます。自然主義の台頭とともに、その影響を受け、日常生活の些事《さじ》をおろそかにせず、命と自然を深く見つめる歌を詠みました。空穂は長歌作者として知られていますが、特筆すべきは、昭和二二年、シベリア抑留中の次男・茂二郎の戦病死の報を受け、激情を抑えて叙事に徹した挽歌「捕虜の死」の長篇です。最終行に「この中に吾子まじれり、むごきかな　あはれむごきかな　かはゆき吾子。」と感情を暴発させています。それは歌集『冬木原』に収められていますが、同書より短歌一首を掲げます。

親といへば我ひとりなり茂二郎生きをるわれを悲しませ居よ

（親といえば私ひとりだ。茂二郎、生きている私を悲しませていなさい）

大正六年、十年連れ添った最初の妻が二児を残し、亡くなりました。長男は歌人・窪田章一郎で、父に師事、「まひる野」を創刊しました。

「**最終の**」の歌。（最後の息をする時まで生きるんだ。生きたいと人は思うべきだ）。

遺歌集『清明の節』所収。八十九歳で亡くなった空穂は、若いころから肉親や家族の死に胸を痛め、歌を詠んできました。素朴ゆえに強く人を勇気づける歌ではありませんか。

釈迢空（しゃく・ちょうくう　一八八七―一九五三）は本名・折口信夫《しのぶ》。民俗学者、古典学者、歌人、詩人。大阪の医を本業とする町家に育ちました。国学院大学卒。同大、慶応大教授。柳田國男を終生師とたのみました。『古代研究』三巻、小説『死者の書』など。短歌ははじめ「アララギ」同人、のち北原白秋を中心とする超結社的な歌誌「日光」の同人となり、独自の歌境を築き上げました。

　生涯独身で、国学院大学生、のち同大教授となった春洋《はるみ》を養嗣子《ようしし》に迎えましたが、彼は徴兵され、昭和二〇年三月、硫黄島で玉砕。「愚痴蒙昧の民として　我を哭かしめよ。あまりに惨《ムゴ》く　死にしわが子ぞ」と迢空を嘆かせました。

　折口春洋には遺歌集『鵠《たづ》が音《ね》』があります。その中から一首。

　　この機みな　全《マタ》くかへれよ。螢火《ホタルビ》の遠ぞく闇《ヤミ》を　うちまもり居《ヲ》り

「機」は飛行機でしょう。「遠ぞく」は遠ざかる。硫黄島からの手紙の中に記されていた歌といいます。繊細な心がしのばれます。

「**葛の花**」の歌。（葛の花が踏みつぶされていて、まだ色が鮮やかだ。私の前にこの山道を通って行った人がいる）。

　孤独な旅人の胸に灯がともるような情景です。それは古代への憧憬につながってゆきます。筆者は壱岐《いき》の島を訪れた折り、この歌の碑を見ました。じつのところ大正十年、迢空は壱岐の島に立ち寄りはしましたが、この歌は熊野での作だそうです。

シルレア紀の地層は杳《とお》きそのかみを
海の蠍《さそり》の我も棲みけむ

明石海人

ふるさとの右左口邨《うばぐちむら》は骨壺《こつつぼ》の
底にゆられてわがかえる村

山崎方代

明石海人（あかし・かいじん　一九〇一―三九）は本名野田勝太郎、静岡県沼津市生まれ。本名も生地も長い間公表されませんでした。小学校教員となり、同僚と結婚し、二女の父となりますが、二十五歳ころ、当時らい病と呼ばれて恐れられたハンセン病を発症。強制隔離政策により、瀬戸内海にある国立ハンセン病療養所・長島愛生園に隔離されます。失明し、また気管切開の後、声を失います。

昭和一三年に『新万葉集』（改造社刊）に海人の短歌十一首が入集、一躍注目されました。

命はも淋しかりけり現《うつ》しくは見がてぬ妻と夢にあらそふ

（命というものは淋しいものだ。現実には逢えない妻を夢に見たのに、それは争っている夢だった）

入所前の時期、妻との離別問題で悩んだようです。悲痛な境涯詠の他、掲出歌のような幻想的な作風の歌を収めた歌集『白描』が刊行され、ベストセラーとなりましたが、翌一四年、想像を絶する苦難の人生の幕を閉じました。

「**シルレア紀**」の歌。（シルレア紀の地層ははるかに遠い、そのむかし、海の蠍《さそり》だった私も棲んでいたかもしれない）。

「シルレア紀」は四億年以上前の古生代の一時期です。海藻類や珊瑚虫《さんごちゅう》などの中に、人が恐れいやがる蠍である自分がいて、それを淋しく幻視しています。絶望がこのように美しい歌となる奇跡が現れています。

山崎方代（やまざき・ほうだい　一九一四―八五）は山梨県生まれ。十五歳ころから作歌を始めました。昭和一六年応召。チモール島で銃撃を受け、右目を失明、左目も微かな視力を残すだけになりました。二一年、病院船で帰還。傷痍《しょうい》軍人として職の訓練を受け、街頭で靴の修理をしながら各地を放浪しました。二六年ころより四〇年まで横浜の姉のもとへ。歯科医院にて技工を手伝います。四七年から亡くなるまで鎌倉山の山裾《やますそ》に住みましたが、「方代艸庵《そうあん》」と名づけたプレハブの小屋に、茶碗と土瓶が一つきりだったとか。こういう歌があります。

こんなにも湯呑茶碗はあたたかくしどろもどろに吾はおるなり

まるで茶碗のほうがどっしりとして、しかもあたたかく、それに較べれば自分はどうしていいのか分からないような、途方にくれた身のふり方をしている、といった感じでしょうか。無一物の暮らしの中でこそ見えてくるものがあるようです。

特定の短歌結社に属さず、独特の口語調の文体で境涯の歌を詠み、風狂の歌人として、晩年そして死後人気が高まりました。それは人びとが俳人の山頭火や尾崎放哉に抱く関心と同質のものでありましょう。

「**ふるさとの**」の歌。「右左口邨」は現甲府市右左口町。彼は八人兄弟の末子で次男でしたので、郷里を出ないわけにはいきませんでした。死ぬまで帰れないという思いがあったのでしょう。馬の背でなく「骨壺の底にゆられて」帰るとは凄味があります。

おいとまをいただきますと戸をしめて
出てゆくやうにゆかぬなり生は
斎藤史

死の側より照明《てら》せばことにかがやきて
ひたくれなゐの生ならずやも

斎藤史

斎藤史（さいとう・ふみ　一九〇九—二〇〇二）は東京生まれ。父斎藤瀏《りゅう》は「心の花」の歌人であり、予備役の軍人でした。昭和一一年、陸軍の皇道派青年将校らのクーデター、二・二六事件に父、幼なじみの友人が連座。友は刑死、父は叛乱幇助《ほうじょ》の罪名で下獄しました。その衝撃は終生薄れることはありませんでした。

濁流だ濁流だと叫び流れゆく末は泥土か夜明けか知らぬ

この歌には「二月廿六日、事あり。友等、父、その事に関る」という詞書きが付されています。隠喩《いんゆ》でなければ歌えなかった情況でしたが、それゆえに時代相を深くえぐりとったともいえます。二・二六事件の青年将校たちが「濁流」に流されていった先には、日中戦争と太平洋戦争の開戦があったのですが、まさしく泥沼でした。「夜明け」は望むべくもない言葉でした。また次のような歌もあります。

白きうさぎ雪の山より出でてきて殺されたれば眼《め》を開き居り

「白うさぎ」ではなくて「白きうさぎ」と字余りになっていることの重たさ。白を強調したいためもあるでしょう。表面には現れていない赤い血の無惨を際立たせているようです。このうさぎに刑死した幼なじみが投影されていると読むことができます。

斎藤史はじめはモダニズムのかろやかな歌を作っていました。一首だけ紹介しておきましょう。「白い手紙がとどいて明日は春となるうすいがらすも磨いて待たう」。このように美しく新鮮な歌の詠み手であるだけではおさまらなくなりました。先の事件以後作風が一変したのです。幻想と現実のないまじる中で、人の生死を見据える歌を詠むようになりました。

戦後は疎開先の長野にとどまり、りんご倉庫に住んで、土地の人たちに農作業などを習いながら暮らしました。並の苦労ではありませんでしたが、山里の自然の中に心身を養い、歌を詠みつづけました。

「**おいとまを**」の歌。(「ではこれで失礼します」と戸をしめて出てゆくようにはいかないものだ、生は)。

脳血栓で倒れ、麻痺《まひ》の残った夫と、失明した老母の介護をになう日々に、自身の老いも加わって、苦笑いをふくんだ重たい溜め息をついていました。「おいとまを」と言えたら、楽なのに、と思った日々もあったことでしょう。すると面白い譬《たと》えが浮かんできたのです。短歌に遊ぶ余裕がふと現れたのでしょうか。

「**死の側より**」の歌。(死の側から照らせば、非常に輝いていて、真紅の生でないことがあろうか)。

人は当然ながら生の側から死を見ます。死が極楽の光に満ちていると感じる人も中にはいるでしょうが、たいていは暗い世界だと思っています。その見方を逆にしてみる、すると現世は光に満ちていることになります。史には現実を、現世を超える目があり、それが歌柄を大きくしています。生きめやも、とつぶやいたことでしょう。

春がすみいよよ濃くなる真昼間の
なにも見えねば大和と思へ
前川佐美雄

一本の蠟《ろう》燃《もや》しつつ妻も吾《あ》も
暗き泉を聴くごとくゐる
宮柊二

前川佐美雄（まえかわ・さみお　一九〇三―九〇）は奈良葛城《かつらぎ》の森林王の長男に生まれました。吉野林業学校、東洋大学東洋文学科卒。佐佐木信綱の門に入り、「心の花」の編集に携わります。思想や信条の振幅が大きく、プロレタリア短歌運動に共鳴すると間もなく、新芸術派運動を推進、その後、保田與重郎《やすだよじゅうろう》などの日本浪漫派に接近しました。昭和七年、父の急逝により、奈良へ呼び戻されて後、古代的浪漫にひたる独自の歌境をひらきました。

「**春がすみ**」の歌。（春霞がたなびき、ますます濃くなってゆく真昼間、なにも見えなければ、これが大和と思え）。

大和は日本の古称ですが、いまの奈良県にあたります。大和といえば、倭建命《やまとたけるのみこと》の「倭は国の真秀《まほ》ろばたたなづく青垣山籠《あおかきやまごも》れる倭し麗《うるは》し」という故郷を思って詠んだ国讃《ほ》めの歌が思われます。「真秀ろば」とは、もっともよいところという意味です。

大和という風土の分厚さ、はるかな歴史を濃い霞によって表現し、安んじてそれにつつまれていよう、といった感じでしょうか。この歌は『大和』という歌集に載っている歌ですが、その中からもう一首、魅力的な歌を引いておきましょう。

紅葉《こうよう》はかぎり知られず散り来ればわがおもひ梢《うれ》のごとく繊《ほそ》しも

もみじがあとからあとから散りかかってきます。自分の思いは梢のように、はかなげになってしまいそうです。大和の風景の中に溶け入るひとときです。

宮柊二（みや・しゅうじ　一九一二―八六）は新潟県生まれ。北原白秋に師事、師の失明後、秘書となりますが、白秋の向日性、歌謡性などを彼が継ぐことはありませんでした。二十七歳のとき召集され、中国戦線に赴きます。そこでの過酷な現実を描いた第三歌集『山西省』は戦争文学の名作です。衝撃的な作品がその中にあります。

ひきよせて寄り添ふごとく刺ししかば声も立てなくくずをれて伏す

作者のすぐ横にいた日本軍兵士、すぐ前にいた中国軍兵士との接触と惨劇の事実のみを描いています。戦場とはニュース映画のように、炸裂する爆弾や怒号や砂煙などのように猛々しいばかりではありません。最前線はこのようにひそかにも事が運ばれるのでした。それまで誰もうたってこなかった一瞬を非情に写し取ったものです。

復員後、製鉄所での職場詠の他、生活詠、家族詠が読者の共感を呼びました。

昭和二八年、「コスモス」を創刊、主宰します。

「**一本の**」の歌。（一本の蠟燭《ろうそく》を燃やしながら、妻も私も、暗い泉の水音に耳を澄ましているかのように、じっと動かない）。

戦後すぐにはじきに停電がありました。蠟燭の灯を見つめながら、夫と妻はそれぞれの思いにふけっています。「暗き泉」とは、心の中の泉でしょうか。清らかな水音が聞こえてきそうですが、「聴く」とは必ずしも音を聴くとは限りません。しずかな波紋を思い浮かべているのかもしれません。一幅の宗教画のようではありませんか。

失ひしわれの乳房に似し山あり
冬は枯れたる花が飾らむ
中城ふみ子

処女《おとめ》にて身に深く持つ浄《きよ》き卵《らん》
秋の日吾の心熱くす
富小路禎子

中城ふみ子（なかじょう・ふみこ　一九二二—五四）は、北海道帯広生まれ。東京家政学院卒。帰郷して結婚、三人の子の母となりますが、離婚します。乳がんを発症、昭和二九年、札幌医大に入院中、第一回「短歌研究」五十首詠に応募、「乳房喪失」が特選となります。題名からして煽情《せんじょう》的でした。取材に行った新聞記者と恋愛、同棲するなど、奔放な言動は歌人たちの眉をひそめさせました。しかし入選からわずか四ヵ月後、苛烈な生を閉じました。三十一歳でした。

「**失ひし**」の歌。（失った私の乳房に似た山がある。冬には枯れた花が飾ることでしょう）。「乳房」という文字が女性の歌に現れるようになったのはいつからか分かりませんが、与謝野晶子は「乳《ち》」、「乳ぶさ」と書いていました。「乳房」はこれらに較べれば明らかに即物的で、歌語からは遠い。これだけでも新しい時代の短歌だとはいえるでしょう。

お碗《わん》を伏せたような山の形とはよく言われますが、女性が自分の乳房のようだとは、羞恥心もあって言えるものではありません。中城ふみ子も乳がんのため乳房を摘出されて、初めて言えたのでしょう。失われた、もうない乳房を弔《とむら》うために、枯れた花、花でない花で飾ってあげたい、というのでしょうか。歌集『乳房喪失』からもう一首掲げておきます。

　冬の皺《しわ》よせゐる海よ今少し生きて己れの無惨を見むか

余命はわずかと分かっていたのでしょう。それも穏やかなものであるはずがない。冬の波を寄せている厳しい海のようであることを覚悟しつつ、気力で立ち向かう歌です。

富小路禎子（とみのこうじ・よしこ　一九二六―二〇〇二）は東京生まれ。女子学習院卒。十八歳のとき母死去。父は子爵でしたが、昭和二二年、貴族院が廃止され、父は同議員を失職しました。歳費が打ち切られ、生きる意欲を失った父親をかかえて、禎子は会社勤めをしますが、その前には、房州の旅館女中までして生計を立てたのでした。

　彼女と同年代の女性たちには、相手となるべき男性たちを戦場に失い、生涯独身を通した人も少なくありませんでした。中年にさしかかったころでしょうか、こういう歌がありま す。「未婚の吾の夫のにあらずや海に向き白き墓碑ありて薄日あたれる」。夫になったかもしれない人は、こんなふうに姿勢正しく海を眺めた人でもあったかしら、と墓を見ながら想われるのです。戦死したかもしれない、などと。

「処女にて」の歌。（処女なので体の奥深くに清らかな卵子をもっている。それゆえ秋の日、私は胸を熱くする）。

　二十代後半の作。二年前に中城ふみ子の『乳房喪失』が刊行されていますが、当時女性が性をうたうことは、はしたないことだと世評を騒がせました。今では清潔な、知的抑制をともなった歌だと読むことができます。

　この歌の中の「秋」は、季節の秋であるとともに、結婚適齢期を過ぎた女性の心情を思わせます。この歌は「秋」だからいいのです。こういうのは不謹慎ではありますが、もし「春」だったら、ふしだらな歌になるでしょうし、「夏」だったら平板です。

日本脱出したし　皇帝ペンギンも
皇帝ペンギン飼育係りも
塚本邦雄

馬を洗はば馬のたましひ冱《さ》ゆるまで
人戀《こ》はば人あやむるこころ

塚本邦雄

塚本邦雄（つかもと・くにお　一九二〇―二〇〇五）は滋賀県生まれ。前川佐美雄に師事。第一歌集『水葬物語』（一九五一年刊）は、従来の短歌の見方、読み方を一変させるもので、衝撃をもって迎えられました。たとえばこういう作があります。「革命歌作詞家に凭《よ》りかかられてすこしづつ液化してゆくピアノ」。古今東西の素材を用い、直喩《ちょく ゆ》、隠喩、寓意などをちりばめ、時間・空間に縛られず、自由に想像力のつばさをひろげました。そこから不思議なリアリティーが立ちのぼってきます。

非日常、非現実の世界でありますから、人びとの理解を拒絶する作品もあるのは仕方がありません。しかし前衛短歌は塚本邦雄から始まったといわれています。ということは現代短歌の源流の一つとなったということでしょう。

筆者は現代詩の作者でありますから、彼の短歌は一行の現代詩として読むほかはありません。こういう読みが正解というのはなく、人によって多様な読みを可能とするものです。

「**日本脱出**」の歌。『日本人霊歌』（一九五八年刊）所収の有名な歌です。表面上の意味は、動物園や水族館に飼われている皇帝ペンギンも、その飼育係りも日本を脱出したい、ということですが、なぜフンボルトペンギンではなくて、皇帝ペンギンなのか。敗戦後の日本の状況を考えますと、日本には皇帝はいませんが、「皇」のつく人、すなわち天皇を暗に指していると見ます。「飼育係り」とは日本国民だといわれているようです。「飼育係り」とは天皇に対してご無礼な感じもしますが、直言しているわけではないので、名誉棄損にはならないでしょう。というよりもペンギンの係りだけではなくて、働く者全体というふうに読まれたのでしょうか。寓話的な愛らしさの下にブラックユーモアのようなものが隠されています。

中には意味を探らないほうがいい、という歌人もいるようです。でも皇帝ペンギンが生まれ故郷の南極に帰りたがっているのは分かるとしても、なぜ飼育係りも外国に行きたくなってしまうのか。ちょっと無理があるようです。でもそういうことをあれこれ考えさせられるのは楽しいし、それは歌の力に他ならないといっていいと思います。

「**馬を洗はば**」の歌。（馬を洗うなら、体だけではなく、馬のたましいが冴えざえと磨かれるまで洗え。人を恋うなら、人を殺す心でもって恋せよ）。

『感幻楽』（一九六九年刊）所収。題名は「管弦楽」のもじりでしょう。小題は「花曜」、その副題に「隆達節《りゅうたつぶし》によせる初七調組唄風カンタータ」とある連作の一首です。「初七調」とは、ふつうの短歌のように初句が五音でなく、七音で始まるものをいいます。「隆達節」は、江戸初期のはやり唄で、近世小唄の基となりました。

「馬」と「恋」が並列する抒情とは、と考えていたところ、芭蕉に「馬に出ぬ日は内で恋する」（『炭俵』）という付句があるのを思い出しました。この句の男は馬方でしょうか。彼に激越な精神をもたせたような歌です。人を殺すことは自分も死ぬことです。死ぬほどの恋を全うしなさいという意味でしょうか。

海を知らぬ少女の前に麦藁帽《むぎわらぼう》の
われは両手をひろげていたり

寺山修司

マッチ擦《す》るつかのま海に霧深し
身捨つるほどの祖国はありや
寺山修司

寺山修司（てらやま・しゅうじ　一九三五―八三）は青森県三沢生まれ。早稲田大学教育学部に入学した昭和二九年、「チエホフ祭」五十首で、短歌研究新人賞を受賞しました。輝かしいスタートでしたが、それと同時に、中村草田男、西東三鬼らの俳句の模倣、盗作があると指弾されました。いまでは寺山修司の作品のほうが広く愛唱されているのは皮肉ですが。歌集三冊がありますが、十年足らずで短歌を離れました。「私」性への疑問からだったといわれています。

　多岐にわたる才能は、詩・俳句・小説の他、戯曲、演出、映画の分野にも目覚ましい成果を上げ、演劇実験室「天井桟敷《さじき》」を主宰、国際的にも評価されました。一方競馬評論などでも衰えぬ人気を誇りました。昭和五八年、肝硬変などで死去、四十七歳でした。

「**海を知らぬ**」の歌。（「海って見たことがない」という少女の前で、麦藁帽子をかぶった少年だった私は、こんなだぜ、と両手をひろげていた）。

　絵本をひらくと出てくるような、あどけない姿です。少女はじっさいに海を見たとき、ずっと大きいじゃないの、とほほえんだかもしれません。模倣、盗作を指摘された人は、こんなにも天使的な歌をつくれる人でした。この歌がたとえ実体験ではなくてフィクションであったにしても、作者の中には無垢《むく》なるものに共鳴する一人の少年が息をしていたと思われます。第一歌集『空には本』（一九五八年刊）所収。

「**マッチ擦る**」の歌。（煙草を吸おうとしてマッチを擦った一瞬、海に霧が深くたちこめていた。身を捨てて尽くすほどの祖国が自分にはあるだろうか）。

　これも同書所収の代表作です。時代は敗戦後、高度経済成長期が始まっていました。疑念もあってその流れに身を投じることのできない青年にとって、霧の深い海は自分の混迷と憂愁そのもののようです。お国のためにこの身を投げ打つ、といえるほどの国はない、とふいに思われるのです。恰好いいなあと、若いころこの短歌を読んだ筆者は思いました。

　この短歌は上の句と下の句が切れていて、自然につながってはいません。俳句で「取り合わせ」という方法がありますが、異質な二つのものを並べてみて、その二つがお互いを照らしあって微妙に作用しあうことで、未聞の新しい世界がひらけることを狙うものです。作者は意図していたかどうかは知りませんが、この「取り合わせ」の効果で、鮮やかな印象をもつ、ドラマチックな作品になっています。こういうひらめきは天才的なものだといえるかもしれません。

　じつはこの短歌は富沢《とみざわ》赤黄男《かきお》の俳句の盗作だということが知られています。「一本のマッチをすれば湖《うみ》は霧」「めつむれば祖国は蒼《あお》き海の上」を合体させたものだと轟々《ごうごう》たる非難が浴びせられたそうです。

　しかし掲出の短歌は寺山修司のものになっています。青年の孤愁がにじみでてくるものになっている。盗作であっても、原作をよく咀嚼《そしゃく》し、そこに生命が吹き込まれているのなら、名歌として後世に伝わってゆくという見本のような例です。

あとがき

前著『日本の名詩を読みかえす』（二〇〇四年・いそっぷ社刊）から十七年が経ちました。この本はまだ生きつづけているそうで、「名詩」といわれるような詩は輝きを失わないものと見えます。

いそっぷ社の首藤さんが、こんどは「日本の名句・名歌」を出したいというのです。私は現代詩の作者で、短歌・俳句の愛好者ではあるけれども、編・解説を依頼されるのは無謀じゃないですか、と最初は思いました。けれども素人であって、師系や結社から自由であることが、作品の取捨においていい方向に作用するのではないかと虫のいい考えを起こし、最終的には私の好みと、偏らないように目を配ってくださった首藤さんの要望から、何度も改変を試み、このような愛すべき一書が生まれたことはうれしい限りです。

名句や名歌は人に愛されてきた作品です。中には欠陥さえ親しみやすさや愛敬になることもあります。たとえば中村草田男の句「降る雪や明治は遠くなりにけり」は、ふつう切れ字は一句に一つといわれているところを、「や」と

「けり」の二つの切れ字をもっています。この有名な句に限っては、欠陥ではなくて特別だということになるのでしょう。長い年月の人びとの読みが名句・名歌を育ててゆくのです。ふとしたときに口をついて出る作品もあります。それらは私たちのなつかしい心の歴史ともいえましょう。

題名がなぜ「名歌・名句」でないのかということについては、この順序にすると、名歌は万葉集のむかしから選ばれなければならないことになります。「名句・名歌」となると、俳句は芭蕉、歌は正岡子規、与謝野晶子から始まると察していただけるのではないでしょうか。

最後に本書掲載の写真は故前田真三氏と子息の晃氏によるもので、長年にわたって日本各地で撮影されたものです。拙い文章を補ってくださるのはむろんですが、これらの美しい写真と、名句・名歌との快い調和とひびきを楽しんでいただけますように。

二〇二一年五月一日

高橋順子

写真キャプション

カバー（表4側）　丘のカラ松　前田真三
1　清流梓川　前田真三
【名句編】
5　甲斐の桃畑　前田真三
6　落花模様　前田晃
7　断崖　前田真三
8　荒海　前田真三
9　枯野の雪　前田真三
12　瀬戸の落日　前田晃
13　菜の花の段々畑　前田真三
14　ノイバラ一輪　前田晃
15　煙る川　前田真三
18　桜をついばむ雀　前田晃
19　田んぼの蛙　前田真三
20　寒山眠る　前田真三
21　春雪フキノトウ　前田晃
24　ボタン　前田真三
25　青空に聳ゆ　前田真三
28　苔清水　前田真三
29　雪降る　前田真三
32　凍てつくカヤ　前田真三
33　風鐸と紅葉　前田晃
36　冬の灯　前田真三
37　氷海残照　前田晃
40　緑の谷　前田晃
41　残りもみじ　前田晃
42　砕ける波　前田晃
43　月明の桜　前田晃
46　石垣の白菊　前田真三
47　冬の光　前田真三
50　雪しぐれ　前田真三
51　若葉の光　前田真三
54　波しぶき　前田真三
55　落日　前田真三
58　蒼い海　前田真三
59　岩影　前田真三
62　おぼろ月　前田晃
63　アジサシ飛翔　前田真三
64　蛍舞う川　前田晃
【名歌編】
67　木々の宴　前田真三
68　輝く珠玉　前田真三
69　フジ優美　前田晃
72　春光　前田真三
73　高原の秋草　前田晃
74　水辺の桜　前田晃
75　ポピー咲く丘　前田真三
78　ツバメの巣　前田真三
79　赤光の大地　前田真三
80　匂い立つ木　前田真三
81　吹雪の川　前田晃
84　ブンゴウメとメジロ　前田晃
85　湿原の氷雪　前田晃
88　早春の山道　前田真三
89　落日のススキ原　前田真三
92　初霜　前田真三
93　雪の鉄路　前田真三
94　シダレザクラとシダレヤナギ　前田晃
95　麦畑のヤグルマソウ　前田晃
98　雪原の足跡　前田晃
99　クズの花　前田晃
102　引く波　前田真三
103　田と小屋と道　前田真三
106　蔵の扉　前田真三
107　後光の木　前田晃
110　春雨煙る花の谷　前田晃
111　漂う波紋　前田真三
114　冬の山　前田真三
115　ブナ林残照　前田晃
118　光芒の海　前田真三
119　初夏の風　前田真三
122　雲映る　前田真三
123　波濤　前田真三

本書では、掲載作品の表記を次のように統一しました。
●旧仮名の部分はそのまま生かしています。
●旧字体の漢字は、一部を除き、新字体に改めました。
●漢字のルビは新仮名でふりました。

高橋順子（たかはし・じゅんこ）

1944年、千葉生まれ。東京大学仏文科卒業。97年、詩集『時の雨』（青土社）で読売文学賞。2014年、『海へ』（書肆山田）で藤村記念歴程賞、三好達治賞。18年、『夫・車谷長吉』（文藝春秋）で講談社エッセイ賞。他の著書に『日本の名詩を読みかえす』（いそっぷ社）、『雨の名前』『風の名前』（佐藤秀明写真、小学館）など。

前田真三（まえだ・しんぞう）

1922年、東京八王子生まれ。17年間の会社員生活を経て、67年にフォトライブラリー（株）丹溪を設立し、風景写真の撮影を本格的に始める。84年、『一木一草』で日本写真協会年度賞。85年、『奥三河』で毎日出版文化賞特別賞。他の著書に『出合の瞬間』『丘の四季』『前田真三写真美術館 全8巻』など。98年、逝去。

前田晃（まえだ・あきら）

1954年、東京世田谷生まれ。早稲田大学卒業後、父・前田真三の撮影助手を務めるほか、真三作品のディレクションを行う。93年頃から独自の撮影活動を開始、写真集に『四季の情景』『ミッフィーのいる丘』など。

（株）丹溪：〒107-0061東京都港区北青山2-7-26メゾン青山402 TEL03-3405-1681

日本の名句・名歌を読みかえす

二〇二一年六月十日　第一刷発行

編・解説　高橋順子
写　真　前田真三、前田晃
装　幀　長坂勇司
発行者　首藤知哉
発行所　株式会社いそっぷ社
〒一四六—〇〇八五
東京都大田区久が原五—五—九
電話　〇三（三七五四）八一一九
組　版　有限会社マーリンクレイン
印刷・製本　シナノ印刷株式会社

ISBN978-4-900963-94-8　C0095
定価はカバーに表示してあります。